मेक योर बेड

छोटी-छोटी बातें जो बदल सकती हैं
आपकी ज़िंदगी... और संभवतः दुनिया भी

विलियम एच. मैकरेवन

अनुवाद : महेंद्र नारायण सिंह यादव

MANJUL
मंजुल पब्लिशिंग हाउस

MANJUL

मंजुल पब्लिशिंग हाउस

कॉरपोरेट एवं संपादकीय कार्यालय

• द्वितीय तल, उषा प्रीत कॉम्प्लेक्स, 42 मालवीय नगर, भोपाल-462 003

विक्रय एवं विपणन कार्यालय

• सी-16, सेक्टर 3, नोएडा, उत्तर प्रदेश, 201301

वेबसाइट : www.manjulindia.com

वितरण केन्द्र

अहमदाबाद, बेंगलुरू, कोच्चि, कोलकाता, चेन्नई,
हैदराबाद, मुम्बई, नई दिल्ली, पुणे

विलियम एच. मैकरेवन द्वारा लिखित मूल अंग्रेजी पुस्तक *मेक योर बेड* का हिन्दी अनुवाद

Make Your Bed: Feel grounded and think positive in 10 simple steps
by William H. McRaven – Hindi edition

यह हिन्दी संस्करण 2023 में पहली बार प्रकाशित
तृतीय आवृत्ति 2025

ISBN 978-93-5543-283-4

अनुवाद : महेंद्र नारायण सिंह यादव

मुद्रण व जिल्दसाज़ी : थॉमसन प्रेस (इंडिया) लिमिटेड

मेक योर बेड

अपने तीन बच्चों : बिल, जॉन और केली को समर्पित।
अपने बच्चों पर जितना गर्व मुझे है,
उतना किसी अन्य पिता को अपने बच्चों पर नहीं हो सकता।
जीवन का हर पल तुम लोगों की वजह से बेहतर बना है।
और मेरी पत्नी, मेरी बेस्ट फ़्रेंड जॉर्जीएन को समर्पित,
जिसने मेरे सारे सपनों को संभव बनाया।
तुम्हारे बिना मैं कहां होता?

अनुक्रम

प्राक्कथन

17 मई, 2014 को मुझे ऑस्टिन में टेक्सास यूनिवर्सिटी में स्नातक के छात्रों का उद्‌घाटन भाषण देने का सौभाग्य हासिल हुआ। हालांकि इसी विश्वविद्यालय से मैंने पढ़ाई की थी, लेकिन मुझे इस बात की चिंता हो रही थी कि वहां किसी ऐसे सैन्य अधिकारी को सुनने के लिए कॉलेज के छात्र नहीं मिलेंगे, जिसका करियर युद्ध से तय हुआ हो। हालांकि तब मुझे बड़ा आश्चर्य हुआ, जब स्नातक की कक्षा ने मेरे भाषण को बड़े ग़ौर से सुना। मेरे भाषण की बुनियाद मेरे नेवी सील ट्रेनिंग में सीखे दस सबक़ थे, जिनमें एक सार्वभौमिक अपील थी। वे सबक़ आसान से थे जो सील ट्रेनिंग के ट्रायल पास करने में सहायक थे, लेकिन वे दसों सबक़ ज़िंदगी की चुनौतियों से निपटने में भी उतने ही महत्त्वपूर्ण हैं – इस बात से कोई फ़र्क़ नहीं पड़ता कि आप क्या हैं। बीते तीन सालों में, मुझे बहुत सारे लोगों ने सड़क पर अपनी कहानियां सुनाकर ठिठकने पर मजबूर किया : किस तरह से वे शार्क के सामने डटे रहे, किस तरह उन्होंने घंटी नहीं बजाई, अथवा, सुबह-सुबह अपना बिस्तर ठीक करने से उन्हें मुश्किल वक्त में कैसे मदद मिली। वे सभी मेरे जीवन को आकार देने वाले दस सबक़ों और करियर में मुझे प्रेरित करने वाले लोगों के बारे में और ज़्यादा जानना चाहते थे। इस छोटी-सी पुस्तक में वही सब बताने की कोशिश है। हर अध्याय में सबक़ों का थोड़ा और संदर्भ

दिया गया है और कुछ ऐसे लोगों के बारे में छोटी-छोटी कहानियां भी जोड़ी गई हैं जिन्होंने मुझे अपने अनुशासन, दृढ़ता, सम्मान और उनके साहस के जरिए प्रेरित किया। मुझे उम्मीद है कि आपको यह किताब पसंद आएगी!

मेक योर बेड

अध्याय एक

अपने दिन की शुरुआत किसी काम को पूरा करके कीजिए

अगर आप दुनिया बदलना चाहते हैं तो...

अपना बिस्तर ठीक करके शुरुआत कीजिए।

बुनियादी सील ट्रेनिंग के बैरक एक तीन मंज़िला साधारण इमारत पर बने हैं जो कैलिफ़ोर्निया में कोरोनाडो में प्रशांत महासागर के समुद्र तट से सिर्फ़ सौ गज की दूरी पर स्थित है। इमारत में कोई एयर-कंडीशनर नहीं है, और रात में खिड़कियां खुली होने के कारण आप रेत पर आती ज्वार की लहरों के तेज़ शोर को सुन सकते हैं।

बैरकों में कमरे साधारण हैं। अधिकारियों के कमरे में, चार बिस्तरों और, वर्दी टांगने के लिए एक अलमारी के सिवा कुछ नहीं था। मैं इसी कमरे में रहता था। जब मैं बैरकों में रहता था, तब सुबह के समय मैं नौसेना के ''रैक'' से बाहर निकलता था और तुरंत अपना बिस्तर ठीक करना शुरू कर देता था। यह दिन का पहला काम होता था। पूरा दिन वर्दी निरीक्षण, लंबी तैराकी, लंबी दौड़, बाधा कोर्स और सील इंस्ट्रक्टर्स की लगातार डांट-फटकार में बीतता था।

''सावधान!'' इंस्ट्रक्टर के कमरे में घुसते ही क्लास लीडर, लेफ़्टिनेंट जूनियर ग्रेड डेनियल स्टीवर्ड चिल्लाया। चीफ़ पेटी ऑफ़िसर मेरे पास आया तो बिस्तर से उतरकर मैंने अपनी एड़ियों को एक साथ जोड़ दिया और सीधा खड़ा हो गया। कठोर और सपाट भाव वाले इंस्ट्रक्टर ने मेरी हरी वर्दी टोपी में स्टार्च की जांच करना शुरू किया कि ''कवर'' आठ-तरफ़ से कड़क और सही तरह से जमा हो। ऊपर से नीचे की ओर बढ़ते हुए उसकी नजर मेरी वर्दी के एक-एक इंच पर पड़ रही थी। शर्ट और पेंट की क्रीज एक लाइन में हैं या

नहीं? बेल्ट पर लगा पीतल शीशे की तरह चमक रहा है या नहीं? मेरे जूतों की चमक में आईने की तरह उसकी अंगुलियां दिख रही हैं या नहीं? जब वह संतुष्ट हो गया कि मैं सील प्रशिक्षु से अपेक्षित उच्च मानकों को पूरा करता हूं, तो वह बिस्तर की जांच करने लगा।

बिस्तर कमरे जितना ही सादा था। उसमें एक स्टील फ्रेम और एक गद्दे के अलावा कुछ भी नहीं था। गद्दे पर एक बिछाने वाली चादर बिछी थी, और उसके ऊपर ओढ़ने वाली चादर थी। धूसर रंग का ऊनी कंबल गद्दे के नीचे कसकर बंधा था, जो सैन डिएगो की ठंडी शाम में गर्मी देता था। एक दूसरा कंबल बिस्तर के पैताने पर सफ़ाई से आयताकार मोड़कर रखा गया था। लाइटहाउस फ़ॉर द ब्लाइंड का बनाया एक तकिया बिस्तर के ऊपरी हिस्से में रखा था जो पैताने पर रखे कंबल की ठीक आड़ी दिशा में था। यही मानक था। इस सटीक मानक से थोड़ी-सी भी कमी-बेशी होने का मतलब था कि मुझे ''लहरों से टकराना पड़ेगा'' और फिर समुद्र तट पर तब तक लुढ़कना पड़ेगा, जब तक कि मेरे पूरे शरीर पर बालू नहीं चिपक जाए और मैं ''चीनी कुकी'' की तरह ना लगने लगूं।

चुपचाप खड़ा मैं इंस्ट्रक्टर की तरफ़ तिरछी निगाहों से देखता रहता था। उसने थके अंदाज़ में मेरे बिस्तर की तरफ़ देखा। झुककर, उसने कमरे के कोनों की जांच की और फिर कंबल और तकिए की पड़ताल करके सुनिश्चित किया कि वे सब सही तरह से सेट हैं। फिर, अपनी जेब में हाथ डालकर उसने एक क्वार्टर निकाला और इसे कई बार हवा में उछाला ताकि मुझे यह पक्के तौर पर पता हो जाए कि बिस्तर की अंतिम जांच होने वाली है। आख़िरी फड़फड़ाहट के साथ क्वार्टर हवा में ऊंचा उड़ा और हल्के उछाल के साथ गद्दे पर नीचे आ गिरा। यह बिस्तर से कई इंच ऊपर इतना ऊंचा उछला था कि इंस्ट्रक्टर उसे अपने हाथ में पकड़ सके।

मेरे सामने टहलते हुए इंस्ट्रक्टर ने मेरी आंखों में झांकते हुए अपना सिर हिलाया। वह कभी एक शब्द भी नहीं बोला। अपने

बिस्तर को सही ढंग से लगाने से मुझे तारीफ़ सुनने का मौक़ा मिलने वाला नहीं था। इसकी तो मुझसे उम्मीद की ही जाती थी। यह मेरा दिन का पहला काम होता था, और इसे सही तरीक़े से करना अहम होता था। इससे मेरा अनुशासन दिखाई देता था। इससे लगता था कि मेरा ध्यान बारीकियों पर रहता है, और दिन के अंत में यह याद दिलाएगा कि मैंने ऐसा कुछ अच्छा किया है, जिस पर मुझे गर्व होना चाहिए, चाहे भले ही वह काम कितना भी छोटा क्यों नहीं हो।

नौसेना में अपने पूरे जीवन के दौरान, अपना बिस्तर सही रखना एक ऐसा स्थायी काम था जिसके लिए मुझ पर हर दिन भरोसा किया जा सकता था। एक विशेष ऑपरेशन पनडुब्बी, यूएसएस *ग्रेबैक* पर सवार युवा सील के तौर पर मुझे मनहूस कमरे में रखा गया था, जिसमें बिस्तर काफ़ी ऊंचे थे। मनहूस कमरे की देखरेख करने वाले जोशीले बूढ़े डॉक्टर ने ज़ोर देकर कहा था कि मैं रोज़ सुबह अपनी अलमारी ठीक करके जाऊं। वह अक्सर कहता था की कि अगर बिस्तर ठीक से नहीं लगे हैं, और कमरा साफ़ नहीं है, तो नौसैनिक सबसे अच्छी चिकित्सा देखभाल की उम्मीद कैसे कर सकते हैं? फिर बाद में मुझे पता चला कि स्वच्छता और व्यवस्था की यह भावना सैन्य जीवन के हर पहलू में लागू होती है।

तीस साल बाद न्यू यॉर्क शहर में ट्विन टावर ढहा दी गईं। पेंटागन स्तब्ध रह गया और पेनसिल्वेनिया में हवाई जहाज में सवार बहादुर अमेरिकी मारे गए।

हमले के समय, जिस समय ये हमले हुए, उस समय मैं एक गंभीर पैराशूट दुर्घटना में घायल होने के बाद अपने घर में रहते हुए स्वस्थ हो रहा था। मेरे सरकारी क्वार्टर में अस्पताल का एक बिस्तर लगा हुआ था, और मैं दिन का ज़्यादातर समय अपनी पीठ के बल लेटे हुए, ठीक होने की कोशिश कर रहा था। मैं हर हाल में उस बिस्तर से छुटकारा चाहता था। हर सील की तरह मैं भी लड़ाई में अपने साथी योद्धाओं के साथ रहना चाहता था।

आख़िरकार जब मैं बिस्तर से बिना सहायता के अपने आप उठने लायक़ हो गया, तो मैंने पहला काम चादरों को कस कर खींचने, तकिए को सही तरह से लगाने, और यह सुनिश्चित करने का किया था कि अस्पताल का बिस्तर मेरे घर आने वाले सभी लोगों के देखने लायक़ लगे। यह मेरा तरीक़ा था जिसके जरिए मैं दिखाना चाहता था कि मैंने अपनी चोट पर जीत हासिल कर ली है और अब अपने जीवन में आगे बढ़ रहा हूं।

9/11 की घटना के चार सप्ताह के अंदर मेरा तबादला वाइट हाउस कर दिया गया, जहां मैंने नवगठित आतंकवाद निरोधक कार्यालय में दो साल काम किया। अक्टूबर 2003 तक मैं इराक में बगदाद एयरफ़ील्ड में हमारे अस्थायी मुख्यालय में पहुंच चुका था। शुरू के कुछ महीने हम सेना की चारपाइयों पर सोते थे। हालांकि तब भी मैं हर सुबह उठकर अपने स्लीपिंग बैग को समेटता था, तकिया को चारपाई के सिरहाने रखता था और दिन के लिए तैयार होता था।

दिसंबर 2003 में अमेरिकी सेना ने सद्दाम हुसैन को पकड़ लिया। उन्हें एकांत में रखा गया था जिस दौरान हमने उन्हें एक छोटे-से कमरे में रखा। वे भी सेना की ही चारपाई पर सोते थे लेकिन उनके चादर और कंबल महंगे वाले थे। एक दिन मैं यह सुनिश्चित करने के लिए सद्दाम हुसैन के पास गया कि मेरे सैनिक उनकी ठीक से देखभाल कर रहे हैं या नहीं। कुछ हँसी के साथ मैंने ग़ौर किया कि सद्दाम ने अपना बिस्तर ठीक से नहीं लगाया था। चारपाई के पैताने पर कवर उखड़े हुए थे और लग रहा था कि वे शायद ही कभी उन्हें सीधा किया करते थे।

आगे के दस सालों के दौरान, मुझे इस देश में अब तक के कुछ बेहतरीन पुरुषों और महिलाओं के साथ काम करने का सम्मान मिला जिनमें जनरलों से लेकर स्थानीय लोगों तक, एडमिरल से

लेकर नाविकों तक, राजदूतों से लेकर क्लर्क टाइपिस्टों तक शामिल थे। युद्ध के प्रयासों के समर्थन में विदेशों में तैनात अमेरिकियों ने स्वेच्छा से इस महान राष्ट्र की रक्षा के लिए काफ़ी त्याग किया था।

वे सभी समझते थे कि जीवन कठिन है और कभी-कभी ऐसा भी होता है कि दिन में जो होना होता है, उसको आप बिलकुल भी नहीं रोक सकते। युद्ध में सैनिक मरते हैं, उनके परिवार शोक मनाते हैं, आपके दिन लंबे और चिंताजनक क्षणों से भरे होते हैं। आप किसी ऐसी चीज़ की तलाश करते हैं जो आपको सुकून दे सके, जो आपको अपना दिन शुरू करने के लिए प्रेरित कर सके और ये अक्सर इस बदसूरत दुनिया में गर्व की भावना भी हो सकती है। हालांकि यह सिर्फ़ लड़ाई की बात नहीं है। दैनिक जीवन में भी संरचना की इसी भावना की ज़रूरत होती है। किसी के विश्वास की ताक़त और आराम की जगह कोई नहीं ले सकता है, लेकिन कभी-कभी आपका बिस्तर बनाने का सरल काम आपको अपना दिन शुरू करने के लिए आवश्यक सहारा दे सकता है और आपको इसे ठीक से निपटने लायक़ संतुष्टि दे सकता है।

अगर आप अपनी ज़िंदगी और संभवत: यह दुनिया ही बदलना चाहते हैं तो शुरुआत अपने बिस्तर को संवारने से कीजिए!

अध्याय दो

आप इसे अकेले नहीं कर सकते हैं

अगर आप दुनिया बदलना चाहते हैं तो...

अपनी मदद करने के लिए किसी को तलाशिए।

सील ट्रेनिंग में मैंने जल्द ही टीमवर्क का महत्त्व समझ लिया था, कठिन कामों में मदद के लिए किसी पर भरोसा करने की ज़रूरत को समझ लिया था। हममें से जो "टैडपोल" नौसेना के मेंढक बनने की उम्मीद कर रहे थे, उन्हें यह अहम सबक़ सिखाने के लिए दस फुट की रबर की राफ़्ट का इस्तेमाल किया जाता था।

सील ट्रेनिंग के पहले चरण के दौरान हम जहां भी गए, हमें राफ़्ट ले जाने की ज़रूरत पड़ती थी। हम इसे अपने सिर पर लादते थे क्योंकि हमें बैरक से, हाईवे के पार, चौक हॉल तक भागना पड़ता था। जब हम कोरोनाडो में रेत के टीलों के ऊपर और नीचे दौड़ते थे तो हम इसे निचली स्थिति में ले लेते थे। हम नाव को उत्तर से दक्षिण तक समुद्र तट के साथ अंतहीन रूप से बढ़ाते थे और सभी सात लोग मिलकर, तेज़ लहरों के जरिए रबर की नाव को उसके अंतिम गंतव्य तक पहुंचाने के लिए काम करते थे।

हालांकि हमने राफ़्ट के साथ अपनी इस यात्रा में कुछ और भी सीखा था। कभी-कभी, नौका चालक दल के सदस्यों में कोई बीमार या घायल हो जाता था, और पूरी क्षमता के साथ काम करने में असमर्थ हो जाता था। मैंने अक्सर ट्रेनिंग डे पर खुद को या सर्दी या फ़्लू से पीड़ित और थका हुआ पाया था। उन दिनों, अन्य सदस्य कमान संभालते थे। वे और ज़ोर से पैडल मारते थे। वे और गहरे जाते थे। मुझे अतिरिक्त ताक़त के लिए वे मुझे अपना राशन देते थे। बाद की ट्रेनिंग में जब समय आया, तो मैंने उनका अहसान चुकाया भी। रबर की छोटी नाव ने हमें यह अहसास कराया कि

कोई भी आदमी इसे ट्रेनिंग में अकेले नहीं बना सकता। कोई भी सील इससे अकेले नहीं जूझ सकता और इसका विस्तार करके देखें तो आपको अपने जीवन में मुश्किल घड़ियों में लोगों की मदद की ज़रूरत होती है।

पच्चीस साल बाद जब मैंने पश्चिमी तट पर सभी सीलों की कमान संभाली, तो भी मुझे इतनी ज़्यादा मदद की ज़रूरत नहीं पड़ी।

मैं कोरोनाडो में नेवल स्पेशल वारफ़ेयर ग्रुप वन का कोमोडोर था। नौसेना कप्तान के रूप में मैं पिछले कई दशक से, दुनिया भर में अग्रणी सील का नेतृत्व करता आ रहा था। एक बार जब बहुत ज़्यादा गड़बड़ हो गई तो मैं नियमित तरीक़े से पैराशूट से कूद पड़ा था।

हम एक सी–130 हरक्यूलिस विमान में सवार थे, और बारह हज़ार फुट की ऊंचाई पर चढ़कर कूदने की तैयारी कर रहे थे। विमान के पीछे की ओर देखने पर, हमें दिन का कैलिफ़ोर्निया का सुंदर नजारा दिख रहा था। आसमान में एक भी बादल नहीं था। प्रशांत महासागर शांत था, और इतनी ऊंचाई से आप कुछ ही मील दूर स्थित मेक्सिको की सीमा देख सकते थे।

जंपमास्टर चिल्लाया– ''स्टैंड बाय।'' अब रैंप के किनारे पर, मैं सीधे नीचे ज़मीन पर देख पा रहा था। जंपमास्टर मेरी आंखों में देखते हुए, मुस्कराया और चिल्लाया, ''कूदो, कूदो, कूदो!'' मैं विमान से बाहर निकल गया, मेरे हाथ पूरी तरह से फैल चुके थे और पैर मेरी पीठ के पीछे हलके से टिक गए थे। विमान के प्रोप ब्लास्ट की वजह से मैं तब तक आगे की ओर झुका रहा जब तक कि मेरे हाथों में हवा नहीं लगी और फिर मैं समतल हो गया।

मैंने तुरंत ही अपना अल्टीमेटर चेक किया, और सुनिश्चित किया कि वह घूम नहीं रहा था और तब मैंने अपने आसपास देखकर सुनिश्चित किया कि कोई और कूदने वाला मेरे निकट नहीं था। बीस सेकेंड बाद मैं 5,500 फुट की ऊंचाई से गिर चुका था।

अचानक मैंने अपने नीचे देखा कि एक और जंपर मेरे नीचे आ गया है और ज़मीन तक के मेरे रास्ते के बीच में है। उसने अपनी रिपकॉर्ड खींची और पायलट अपनी पीठ पर लगे बैग से मुख्य पैराशूट को खोलते दिखा। तुरंत ही मैंने अपनी बांहों को अपनी तरफ़ झटका, अपने सिर को नीचे ज़मीन की ओर करके झुकाया ताकि मैं खुल रहे पैराशूट से खुद को बचा सकूं। काफ़ी देर हो चुकी थी।

उस जंपर का शूट मेरे सामने एयर बैग की तरफ़ खुल गया और मुझसे 120 मील प्रतिघंटे की रफ़्तार से टकराया। मैं मुख्य छतरी से दूर उछल गया और नियंत्रण से बाहर हो गया। इसके प्रभाव से तकरीबन अनजाना था। कुछ सेकेंड के लिए मैं फिर से स्थिर होने की कोशिश में सिर से पैर तक घूम गया। मैं अपनी ऊंचाई नहीं देख पाया था और इस बात से भी अनजान था कि मैं कितनी दूर गिर चुका हूं।

सहज रूप से, मैं अपनी रिप कॉर्ड तक पहुंचा और उसे खींच लिया। पायलट ने पैराशूट के पिछले हिस्से की अपनी छोटी-सी थैली से छलांग लगाई, लेकिन मेरे पैर के चारों ओर लिपट गया और मैं ज़मीन की ओर गिरता जा रहा था। मैंने खुद को छुड़ाने की जितनी कोशिश की, मैं उतना ही उलझता गया। मुख्य पैराशूट आंशिक रूप से खुल गया था लेकिन इस क्रम में वह मेरे दूसरे पैर के चारों ओर घूम गया था।

अपनी गर्दन को आकाश की ओर घुमाते हुए, मैंने देखा कि मेरे पैर राइजर्स के दो सेटों से बंधे थे। राइजर्स मुख्य पैराशूट को मेरी पीठ से जोड़ने वाली लंबी नायलॉन की पट्टियां थीं। एक राइजर एक

पैर के चारों ओर लपेटा था, दूसरा राइजर दूसरे पैर के चारों ओर लिपटा था। मुख्य पैराशूट पूरी तरह से बैकपैक से बाहर निकल चुका था लेकिन मेरे शरीर पर ही कहीं लटका हुआ था।

जब मैं उलझाव से निकलने के लिए जूझ रहा था, तभी अचानक मुझे लगा कि छतरी मेरे शरीर से उठ गई है और खुलने लगी है। अपने पैरों की ओर देखते हुए, मैं समझ गया था कि आगे क्या होने वाला है।

कुछ ही सेकेंडों में, छतरी में हवा भर गई। मेरे एक-एक पैर के चारों तरफ़ लिपटे हुए दोनों राइजर अचानक और आक्रामक रूप से अलग हो गए, और उनके साथ ही मेरे पैर भी चले गए। मेरे कूल्हे तुरंत अलग हो गए क्योंकि खुलने की ताक़त से मेरा निचले धड़ को फाड़-सा दिया था। कूल्हे को शरीर से जोड़ने वाली हज़ारों छोटी-छोटी मांसपेशियां उनके क़ब्ज़े से फट गईं।

मेरा मुंह खुला का खुला रह गया और मेरे मुंह से ज़ोर की चीख़ निकली जो मेक्सिको तक सुनी जा सकती थी। मेरे शरीर में कूल्हे के नीचे और सिर के ऊपर की ओर तेज़ दर्द की लहरें दौड़ गईं। मांसपेशियों की तेज़ ऐंठन ने मेरे ऊपरी धड़ की हालत ख़राब कर दी थी और मेरी बांहों और पैरों में दर्द और बढ़ गया था। अब शरीर से बाहर के अनुभव की तरह, मुझे अपने चीख़ने का अहसास हुआ और मैंने इसे संभालने की कोशिश तो की, लेकिन दर्द बहुत ही तेज़ था।

अब भी मेरा सिर नीचे था और बहुत तेज़ी से गिरते हुए मैंने खुद को सीधा कर लिया, जिससे मेरे कूल्हों और पीठ पर दबाव कुछ कम हो गया।

पंद्रह सौ फुट।

पैराशूट खुलने तक मैं चार हज़ार फुट से ज़्यादा गिर चुका था। ख़ुशख़बरी : मेरे सिर पर छतरी पूरी खुल चुकी थी। बुरी ख़बर : खुलने के कारण मेरा बदन चरमरा गया था।

ड्रॉप ज़ोन से क़रीब दो मील दूर मैं उतरा। कुछ ही मिनटों में ड्रॉप ज़ोन के क्रू और एक एंबुलेंस मेरे पास पहुंच गई। मुझे सेन डिएगो के मध्य में बने ट्रॉमा हॉस्पिटल ले जाया गया। अगले दिन तक मेरा ऑपरेशन हो चुका था। दुर्घटना ने मेरे कूल्हे को क़रीब पांच इंच तक चीर दिया था। मेरे पेट की मांसपेशियां कूल्हे की हड्डियों से अलग हो चुकी थीं और पैराशूट खुलने के झटके से मेरी पीठ और पैरों की मांसपेशियों को बहुत ज़्यादा नुक़सान हुआ था। मेरे कूल्हे में टाइटेनियम की एक बड़ी प्लेट घुसाई गई थी और सहारे के लिए पीठ की तरफ़ भी बड़ा-सा स्केप्यलर स्क्रू घुसाना पड़ा था।

लग रहा था कि मेरा करियर ख़त्म हो चुका है। अच्छा सील होने के लिए आपको शारीरिक रूप से फ़िट होना चाहिए। मेरे पुनर्वास में कई महीने, या साल लगने वाले थे और फिर नौसेना को मेरी मेडिकल जांच करनी थी ताकि यह तय किया जा सके कि मैं ड्यूटी के लिए फ़िट हूं या नहीं। अस्पताल तो मैंने सात दिनों में ही छोड़ दिया था लेकिन अपने घर पर दो महीने तक बिस्तर पर ही पड़ा रहा।

पूरी ज़िंदगी मुझे महसूस होता था कि मैं अजेय हूं। मुझे विश्वास था कि मेरे अंदर ऐसी सहज एथलेटिक क्षमताएं हैं जो मुझे सबसे ख़तरनाक हालात से बाहर निकाल सकती हैं। और यहां तक, मैं सही ही था। अपने करियर में कई बार मुझे जानलेवा घटनाओं का सामना करना पड़ा था : एक अन्य पैराशूट में बीच हवा में टक्कर, एक छोटे उपनगर में अनियंत्रित वंशज, एक तेल रिग से लगभग सैकड़ों फीट दूर नीचे गिरना, डूबती नाव के नीचे फंस जाना, विस्फोटक जो समय से पहले फट गया, और ऐसी अनगिनत घटनाएं जहां क़िस्मत से जीने और मरने फ़ैसला एक सेकेंड से भी कम में हो

जाता। हर बार किसी तरह मैं सही निर्णय लेने में कामयाब रहा, और हर बार मैं अपने सामने की चुनौती पर क़ाबू पाने के लिए शारीरिक रूप से काफ़ी फ़िट रहा। इस बार नहीं।

अब बिस्तर पर लेटे हुए मुझे केवल खुद पर दया आ रही थी। परंतु वह लंबे समय तक चलने वाली नहीं थी। मेरी पत्नी जॉर्जियन को नर्सिंग ड्यूटी दी गई थी। उसने मेरे घावों की सफ़ाई की, मुझे आवश्यक शॉट्स दिए, और मेरा बेडपैन बदला। लेकिन सबसे महत्त्वपूर्ण बात यह है कि उसने मुझे याद दिलाया कि मैं कौन हूं। मैंने जीवन में कभी हार नहीं मानी थी और उसने मुझे आश्वासन दिया था कि मेरे जीवन में अभी कुछ भी शुरू होने नहीं जा रहा है। उसने मुझे आत्म-ग्लानि महसूस करने से मना कर दिया। यह उस तरह का मुश्किल प्यार था जिसकी मुझे ज़रूरत था, और जैसे-जैसे दिन बीतते गए, मैं बेहतर होता गया।

मेरे दोस्त घर से आए, लगातार फ़ोन किए, और जो कुछ भी कर सकते थे, उससे मेरी मदद की। मेरे बॉस एडमिरल एरिक ओल्सन ने उस नीति के इर्द-गिर्द किसी तरह रास्ता निकाला, जिसके तहत नौसेना को एक सील के रूप में सेवा जारी रखने के लिए मेरी क्षमता का मूल्यांकन करना ज़रूरी था। मेरे लिए उनके समर्थन ने संभवत: मेरे करियर को बचा लिया।

सील टीमों में मेरे कार्यकाल के दौरान मैंने कई असफलताएं झेलीं, और प्रत्येक मामले में कोई न कोई मेरी मदद के लिए आगे आया। किसी को विश्वास था मेरी क्षमताओं में, किसी ने मुझमें वो क्षमताएं देखीं जो अन्य किसी में नहीं हो सकती थीं, किसी ने मेरे करियर को आगे बढ़ाने के लिए खुद की प्रतिष्ठा दांव पर लगा दी। मैं उन लोगों को कभी नहीं भूला जिन्होंने रास्ते में मेरी मदद की और मुझे पता है कि मैंने अपने जीवन में जो कुछ भी पाया है, वह दूसरों की मदद का नतीजा है।

हममें से कोई भी जीवन की त्रासदी से बच नहीं सकता है। रबर की उस छोटी-सी नाव की तरह जिसमें बुनियादी सील प्रशिक्षण के दौरान हम सवार होते थे, यह अच्छे लोगों की एक टीम देता है, आपको जीवन में अपनी मंज़िल तक पहुंचाने के लिए। आप अकेले नाव नहीं चला सकते। अपना जीवन साझा करने के लिए किसी को खोजें। अधिक से अधिक दोस्त बनाएं और यह कभी नहीं भूलें कि आपकी सफलता दूसरों पर निर्भर करती है।

अध्याय तीन

केवल ह्दय की विशालता ही मायने रखती है

अगर आप दुनिया बदलना चाहते हैं तो...

किसी भी इंसान का मूल्यांकन उसके दिल के आकार से कीजिए

मैं समुद्र तट की ओर भागा। काले रबर के फ़्लिपर मेरे दाहिनी बांह के नीचे दबे थे और बाएं हाथ में मेरा मास्क था। विश्राम की अवस्था में आते हुए मैंने फ़्लिपर नर्म रेत पर रख दिए और उन्हें एक दूसरे पर शंकु की तरह टिका दिया। मेरे दाहिने और बाएं तरफ़ अन्य छात्र थे। हरी टी-शर्ट, खाकी स्विम ट्रंक, निओप्रीन बूटी और छोटी लाइफ़ जैकेट पहने हम लोग सुबह की दो मील की तैराकी के लिए तैयार हो रहे थे।

लाइफ़ जैकेट छोटी, रबर की ब्लैडर थी जो तभी फूलती थी जब आप उसके हैंडल को खींचते थे। लाइफ़ जैकेट का इस्तेमाल करने की नौबत आना छात्रों के बीच शर्मिंदगी का विषय माना जाता था। इसके बावजूद, सील के इंस्ट्रक्टर्स के लिए ज़रूरी था कि हर किसी को तैरना शुरू करने से पहले वे सबकी लाइफ़ जैकेट की जांच करें। यह जांच-पड़ताल इंस्ट्रक्टर्स को और ज़्यादा प्रताड़ित करने का मौक़ा भी उपलब्ध कराती थी।

उस दिन कोरोनाडो की लहरें क़रीब आठ फुट ऊंची थीं। वे लहरें तीन कतारों में आ रही थीं, गरज के साथ गिर रही थीं जिससे हरेक छात्र के दिल की धड़कन कुछ-कुछ तेज़ होने लगी थी। इंस्ट्रक्टर लाइन से धीरे-धीरे नीचे आते-आते वह सीधे मेरे दाहिनी ओर खड़े छात्र के पास आया। वह छात्र सीमैन के रूप में नई भर्ती था और नौसेना के लिए बिलकुल नया था जिसकी ऊंचाई लगभग पांच फुट चार इंच थी। सील इंस्ट्रक्टर उच्च विभूषित और वियतनामी युद्ध का अनुभवी सैनिक था। उसकी लंबाई 6 फुट 2 इंच से

ज़्यादा थी और वह छोटे क़द के उस छात्र के ऊपर चढ़ा हुआ लग रहा था।

उस छात्र की लाइफ़ जैकेट का निरीक्षण करने के बाद, इंस्ट्रक्टर ने अपने बाएं कंधे से ऊपर तेज़ लहर की तरफ़ देखा और फिर नीचे झुककर उस छात्र के फ़्लिपर्स को पकड़ लिया। उन्हें उस युवा नौसैनिक के चेहरे के पास लाते हुए, उसने धीरे से पूछा, "क्या तुम सच में मेंढक बनना चाहते हो?"

वह नौसैनिक सीधा खड़ा हो गया। उसकी आंखों में अवज्ञा का भाव था। "यस, इंस्ट्रक्टर, मैं चाहता हूं!" वह चिल्लाकर बोला।

"तुम बहुत छोटे हो," इंस्ट्रक्टर ने उसके चेहरे पर फ़्लिपर लहराते हुए कहा। "वहां वे लहरें तुम्हें तोड़कर आधा कर सकती हैं।" वह थोड़ा रुककर समुद्र की ओर देखा। "इसके पहले कि तुम्हें चोट लगे, तुम्हें यह सब छोड़ने के बारे में सोच लेना चाहिए।"

मुझे तो अपनी आंख के कोने से भी दिख रहा था कि उस छात्र का जबड़ा कसने लगा है।

"मैं नहीं छोड़ूंगा!" उस नौसैनिक ने हर शब्द को खींचते हुए जवाब दिया। फिर इंस्ट्रक्टर ने झुककर उस छात्र के कान में धीरे से कुछ कहा। मैं टूटती लहरों के शोर में वह नहीं सुन पाया।

सभी प्रशिक्षुओं का निरीक्षण करने के बाद इंस्ट्रक्टर्स ने हमें पानी में जाने का आदेश दिया, और हमने तैरना शुरू कर किया। घंटे भर बाद मैं सर्फ़ जोन से बाहर निकला तो समुद्र तट पर वही नई भर्ती वाला युवा नौसैनिक खड़ा दिखा। उसने कक्षा में सबसे पहले तैराकी ख़त्म कर ली थी। उस दिन बाद में मैं उसे एक तरफ़ खींचकर ले गया और उससे पूछा कि इंस्ट्रक्टर ने उससे फुसफुसा कर क्या कहा था। वह मुस्कराने लगा और उसने गर्व से बताया, "मुझे ग़लत साबित करो!"

सील की ट्रेनिंग हमेशा कुछ न कुछ साबित करने के लिए होती थी। यह साबित करना कि आकार मायने नहीं रखता। यह साबित करना कि आपकी त्वचा का रंग की अहमियत नहीं होती। यह साबित करना कि आपको धन ने बेहतर नहीं बनाया। यह साबित करना कि प्रतिभा की तुलना में दृढ़ संकल्प और धैर्य हमेशा अधिक अहम होते हैं। ट्रेनिंग शुरू होने से एक साल पहले मुझे वह सबक़ सीखने का सौभाग्य मिल गया था।

जब सेन डिएगो शहर के मध्य मैं सिटी बस पर चढ़ा तो कोरोनाडो की खाड़ी में बेसिक सील ट्रेनिंग केंद्र देख पाने की लालसा से मैं उत्साहित हो रहा था। मैं प्रथम श्रेणी का मिडशिपमैन था जो नेवल रिज़र्व ऑफ़िसर्स ट्रेनिंग कोर (आरओटीसी) प्रोग्राम के तहत समर क्रूज़ अटैंड करने जा रहा था। प्रथम श्रेणी के मिडशिपमैन के रूप में मैं कॉलेज के अपने जूनियरों और सीनियरों के बीच में था, और अगर सब कुछ ठीक रहा तो अगली गर्मियों तक मैं सील ट्रेनिंग ख़त्म करके कमीशन पाने की उम्मीद कर रहा था। सप्ताह का मध्य चल रहा था और मुझे अपने आरओटीसी इंस्ट्रक्टर से परमीशन मिल गई थी कि मैं बंदरगाह के किसी जहाज में विदेश में नियोजित प्रशिक्षण से अलग होकर कोरोनाडो जा सकूं।

मशहूर होटल डेल कोरोनाडो के बाहर मैं बस से उतरा और सड़क से क़रीब एक मील पैदल चलकर नेवल एंफ़ीबियस बेस के समुद्र तट पहुंचा। मैं कोरियाई युद्ध के दौर की अनेक इमारतों के पास से गुज़रा, जिनमें अंडरवॉटर डिमोलिशन टीम ग्यारह और बारह ठहरी थीं। कमज़ोर ईंटों की एक एक-मंज़िला इमारत के बाहर लकड़ी का एक बड़ा चिह्न था जिसमें जिसमें फ़्रेडी मेंढक का चित्र बना था, जो बड़ा और हरी जालियों वाले पैरों का बड़ा हरा उभयचर जंतु था, जो सिगार पीते हुए टीएनटी की छड़ी ले जा रहा था। यह

वेस्ट कोस्ट के गोताखोरों का निवास था। ये वही निडर नक़ाबपोश योद्धा थे जिनके सैन्य पूर्वजों ने आइवो जिमा, टरावा, गुआम और इंचोन के समुद्र तटों को साफ़ किया था। मेरे दिल की धड़कन कुछ तेज़ होने लगी थी। यह वही जगह थी, जहां मैं एक साल के अंदर रहना चाहता था।

अंडरवॉटर डिमोलिशन टीमों के पास से गुज़रने के बाद, मुझे अगली इमारत सील टीम वन की मिली, जो कि उस समय जंगल के लड़ाकों की एक नई नस्ल थी, जिन्होंने वियतनाम में सेना के सबसे मज़बूत सैनिकों के रूप में ख्याति अर्जित की थी। लकड़ी के एक और बड़े चिह्न में सैमी सील बनी थी जिसके एक हाथ में खंजर था और उसके कंधों के चारों ओर एक काला लबादा लिपटा दिखाया गया था। यह तो मुझे बाद में पता चला, गोताखोर और सील एक और समान ही थे। सभी लोग सील ट्रेनिंग के स्नातक थे, और दिल से गोताखोर थे।

अंत में, मैं नौसैनिक ठिकाने के समुद्र तट की तरफ़ स्थित आख़िरी सरकारी भवन के पास पहुंचा। इमारत के बाहर लिखा था, बेसिक अंडर वॉटर डिमोलिशन सील ट्रेनिंग। मुख्य द्वार के बाहर दो सील इंस्ट्रक्टर खड़े थे जिन्हें हाईस्कूल के कुछ युवा समुद्री कैडेट घेरे हुए थे। हाईस्कूल के छात्रों के ऊपर दो सील तने हुए थे। सीनियर चीफ़ पेटी ऑफ़िसर डिक रे 6 फुट 3 इंच की लंबाई, चौड़े कंधे, पतली कमर, गहरे तपे रंग और काली पेंसिल-सी पतली मूंछों के मालिक थे। मेरे हिसाब से उनमें वह सब कुछ था, जो मैं किसी सील में देखना चाहता था। उनके बगल में चीफ़ पेटी ऑफ़िसर जीन वेन्स खड़े थे। 6 फुट से अधिक की ठीक-ठाक ऊंचाई वाले वेंस किसी लाइनबैकर की तरह थे, जिनकी मज़बूत मांसपेशियां थीं और कठोर चकाचौंध करने वाली आंखें थीं जो सबको बहुत क़रीब नहीं आने की चेतावनी देती हुई लगती थीं।

समुद्री कैडेटों को इमारत में ले जाया गया। हल्की-सी घबराहट के साथ मैं उनके पीछे गया और फ़्रंट डेस्क पर रुक गया। मैंने डेस्क संभालने वाले युवा नौसैनिक को अपनी कहानी सुनाई। मैं टेक्सास विश्वविद्यालय से पढ़ा मिडशिपमैन था और मुझसे उम्मीद की जाती थी कि मैं सील ट्रेनिंग के बारे में बात करूंगा। नौसैनिक क्षण भर के लिए अपनी मेज़ छोड़कर गया, और उसने मुझे बताया कि लेफ़्टिनेंट डौग हथ कुछ ही मिनटों बाद मुझसे मिलना चाहेंगे।

लेफ़्टिनेंट हथ के ऑफ़िस में बुलाए जाने का इंतज़ार करते समय, मैं दीवारों पर सजी तसवीरों को देखते हुए धीरे-धीरे हॉल में इधर-उधर टहलने लगा। वे तसवीरें वियतनाम में तैनात सीलों की थीं, जिनमें वे लोग मेकांग डेल्टा से कमर तक गहरी मिट्टी से बाहर निकल रहे थे। कुछ चित्र उनमें रात के मिशन से लौटते हुए छद्मावरण वाली सील के प्लाटून के थे। स्विफ़्ट नाव पर सवार होकर जंगल की ओर जा रहे लोग स्वचालित हथियारों और गोला-बारूद से लदे थे।

मुझे लंबे हॉल के नीचे एक और व्यक्ति तसवीरें देखते हुए दिखा। कपड़ों से सिविलियन लगने वाला वो व्यक्ति दुबला-पतला और कमज़ोर-सा था, और उसके कानों पर भौंरे की तरह काले बालों का एक गुच्छा लटका हुआ था। ऐसा लग रहा था कि वह उन अविश्वसनीय योद्धाओं को विस्मय से देख रहा है जिनके कामों को तसवीरों में चित्रित किया गया था। मैं मन में सोचने लगा कि क्या वह सोच रहा है कि उसके अंदर सील बनने लायक़ कुछ है या नहीं। क्या वह सोच रहा था कि उसके अंदर ट्रेनिंग झेलने लायक़ मज़बूती है? क्या उसने सोचा था कि उसकी छोटी क़द-काठी भारी बैग और एक हज़ार राउंड गोला-बारूद ले जा सकती है? क्या उसने दरवाज़े पर ही खड़े दो सील इंस्ट्रक्टर नहीं देखे थे? वे तो एकदम सही और भारी-भरकम लोग थे। मुझे इस बात के लिए बुरा लगा कि उसके किसी साथी ने उसे गुमराह किया था, और शायद

उसे सिविलियन का आरामदायक जीवन छोड़ने और सील ट्रेनिंग के लिए प्रयास करने के लिए प्रोत्साहित किया था।

कुछ मिनट बाद, फ्रंट डेस्क का वह नौसैनिक आराम से कॉरिडोर में गया और मुझे लेफ़्टिनेंट हथ के ऑफ़िस में छोड़ आया। डौग हथ भी सील के रिक्रूटिंग पोस्टर थे; लंबी-तगड़ी क़द-काठी और, भूरे लहराते बालों के साथ वे नौसेना की खाकी वर्दी में बेहद आकर्षक लगते थे।

मैं हथ की डेस्क के पास एक कुर्सी पर बैठ गया। हमने सील ट्रेनिंग और कार्यक्रम की ज़रूरतों के बारे में बात की। हथ ने वियतनाम के अपने अनुभव मुझे बताए, साथ ही यह भी बताया कि अगर मैं सील ट्रेनिंग पूरी कर लेता हूं तो टीम में जीवन कैसा होगा। जब वे दीवार पर लगी तसवीरों को देख रहे थे, तभी मैंने तिरछी निगाहों से सिविलियन कपड़ों में वही दुबला-पतला आदमी देखा। मेरी तरह वह भी सील ट्रेनिंग के बारे में और ज़्यादा जानने की प्रत्याशा में लेफ़्टिनेंट हथ से मिलने का इंतज़ार ही कर रहा था। इससे मुझे यह जानकर अपने बारे में अच्छा लगा कि मैं स्पष्ट तौर पर उस अन्य आदमी से ज़्यादा मज़बूत और ज़्यादा तैयार हूं जो सोच रहा है कि वह सील बनने की कठिनाइयां झेल सकता है।

हमारी बातचीत के बीच, लेफ़्टिनेंट हथ बोलते-बोलते अचानक रुक गए। उन्होंने अपनी डेस्क की तरफ़ देखा और हॉल में खड़े उस आदमी को उन्होंने आवाज़ लगाई। हथ ने उस दुबले-पतले आदमी को अपने ऑफ़िस में बुलाया तो मैं खड़ा हो गया।

"बिल, ये टॉमी नॉरिस है," उन्होंने उस दुबले आदमी से जोश के साथ गले मिलते हुए कहा। "टॉमी को वियतनाम में पिछली बार सील मेडल ऑफ़ ऑनर मिला था," हथ ने आगे बताया। नॉरिस मुस्कराने लगा। वह इस तरह परिचय कराए जाने से कुछ झेंप रहा था। जवाब में मैं भी मुस्कराया और उससे हाथ

मिलाया। ये गुच्छेदार बालों वाला कमज़ोर लगने वाला आदमी लेफ़्टिनेंट टॉम नॉरिस था जिसके बारे में मुझे लग रहा था कि यह ट्रेनिंग भी नहीं झेल पाएगा। वियतनाम में तैनात रह चुका टॉम नॉरिस दो फंसे एयरमैनों को बचाने के लिए दुश्मन सैनिकों की कतारों के पीछे कई रातों तक लगा रहा था। यह वही टॉम नॉरिस था जिसने एक और मिशन में उत्तर वियतनामी सेना की गोली सामने से झेली थी और पेटी ऑफ़िसर माइक थॉर्नटन ने अगर बचाया नहीं होता तो वह वहीं मर चुका होता। माइक को इसके लिए बाद में मेडल ऑफ़ ऑनर मिला था। यह वही टॉम नॉरिस था जो अपनी चोटें ठीक होने के बाद एफ़बीआई की पहली हॉस्टेज रेस्क्यू टीम में शामिल किया गया था। सील की टीमों के लंबे इतिहास में यह चुपचाप रहने वाला विनम्र व्यक्ति सबसे मज़बूत सीलों में से एक था।

1969 में टॉमी नॉरिस सील ट्रेनिंग से लगभग बाहर ही कर दिया गया था। उससे कहा गया था कि वह बहुत छोटा, बहुत दुबला-पतला है और काफ़ी कमज़ोर है। हालांकि मेरी क्लास के युवा नाविक की तरह, नॉरिस ने उन सबको ग़लत साबित किया और एक बार फिर से यह दिखाया कि आपके फ़्लिपर्स का नहीं, बल्कि दिल का आकार मायने रखता है।

अध्याय चार

ज़िंदगी आसान नहीं है - आगे बढ़ो!

अगर आप दुनिया बदलना चाहते हैं...

तो चीनी कुकी बनना छोड़ो

और आगे बढ़ते रहो।

मैं रेत के टीले के ऊपर की तरफ़ दौड़ा और बिना किसी संकोच के दूसरी तरफ़ निकलकर, पूरी रफ़्तार से प्रशांत महासागर की ओर बढ़ गया। शॉर्ट बिल्ड हैट, कॉम्बैट बूट के साथ पूरी तरह से हरी पोशाक पहने हुए, मैंने कोरोनाडो, कैलिफ़ोर्निया के समुद्र तट पर आने वाली लहरों के सामने सिर झुकाया।

पानी से भीगकर हुए बाहर निकलते हुए, मुझे रेत के टीले पर खड़ा सील इंस्ट्रक्टर दिखा। उसकी बांहें मुड़ी हुई थीं और सुबह की धुंध को चीरती हुई तीखी निगाह के साथ, मुझे उसका चिल्लाना सुनाई दिया, तुम्हें पता है, ''तुम्हें क्या करना है, मिस्टर मैक!''

निश्चित ही मुझे पता था।

नक़ली उत्साह दिखाते हुए, मैंने फेफड़ों का पूरा ज़ोर लगाकर ''हुयाह'' की तेज़ आवाज़ लगाई और नरम रेत में मुंह के बल कूद पड़ा, और बगल में लुढ़कते हुए यह सुनिश्चित करने लगा कि मेरी वर्दी का कोई भी हिस्सा खुला नहीं रह गया हो।

तब, बेहतर उपाय के लिए, मैं उठा, ज़मीन में गहराई तक पहुंचा, और रेत को हवा में उछालने लगा ताकि यह सुनिश्चित हो सके कि यह मेरे शरीर की हर दरार में अपना रास्ता बना ले।

सुबह के शारीरिक प्रशिक्षण के दौरान मैंने कहीं ''सील की ट्रेनिंग के नियमों का उल्लंघन किया था।'' मुझे सज़ा मिली थी कि मैं सर्फ़ ज़ोन में कूद जाऊं, रेत में इधर-उधर लुढ़कूं और खुद को ''चीनी कुकी'' की तरह बना लूं।

सारी सील ट्रेनिंग में चीनी कुकी होने से ज़्यादा असहज कुछ नहीं होता था। बहुत सारी चीज़ें ज़्यादा दर्दनाक और ज़्यादा थकाऊ थीं, लेकिन चीनी कुकी बनने की सज़ा में धैर्य और दृढ़ संकल्प की परीक्षा होती थी। केवल इसलिए नहीं कि आपने पूरा दिन अपनी गर्दन के नीचे, अपनी बांहों के नीचे और अपने पैरों के बीच रेत के साथ बिताया, बल्कि इसलिए कि चीनी कुकी तुरंत बन जाना पड़ता था। इसके पीछे कोई तुक या कारण नहीं होता था। इंस्ट्रक्टर के कहते ही आपको चीनी कुकी बनना होता था।

कई सील प्रशिक्षुओं के लिए इसे स्वीकार कर पाना कठिन होता था। ऐसे लोग भी थे जिन्होंने सर्वश्रेष्ठ बनने का प्रयास किया था, और जो उम्मीद कर रहे थे कि उन्हें उनके शानदार प्रदर्शन के लिए इनाम दिया जाएगा। कभी-कभी ऐसा होता भी था और कभी-कभी नहीं भी होता था। कभी-कभी उन्हें अपने सारे प्रयास के बदले केवल गीली रेत ही मिलती थी।

मैंने महसूस किया कि मैं पूरी तरह से रेत में लिपट चुका हूं, तो मैं इंस्ट्रक्टर के पास दौड़कर आया और फिर से मैंने ''हूयाह'' चिल्लाया, और उसका ध्यान खींचा। अपने दोस्तों के बीच मॉकी कहलाने वाले लेफ़्टिनेंट फ़िलिप एल मॉर्टिन मुझे ग़ौर से देखने लगे कि उनके हिसाब से मैं चीनी कुकी पूरी तरह बन गया हूं या नहीं। हालांकि, मैं लेफ़्टिनेंट मॉर्टिन के साथ इतना घुला-मिला नहीं था कि मैं उन्हें पहले नाम से बुला सकूं।

मॉकी मॉर्टिन सबसे बेहतरीन गोताखोर थे। हवाई में जन्मे और पले-बढ़े, मॉर्टिन बिलकुल वैसे ही थे जैसा मैं सील अधिकारी के रूप में बनने का प्रयास करता था। वियतनाम युद्ध के अनुभवी सैनिक के तौर पर वे सील के शस्त्रागार में मौजूद हर हथियार के विशेषज्ञ थे। वह सील की टीमों में सबसे बेहतरीन स्काई डाइवरों में शामिल थे, और देशी हवाइयन होने के नाते, वे पानी में इतने कुशल थे कि बहुत कम लोग ही उनकी बराबरी कर सकते हैं।

''मिस्टर मैक, क्या तुम्हें कुछ पता है कि तुम आज सुबह चीनी कुकी क्यों बनाए गए हो?'' मॉर्टिन ने बड़े ही शांत लेकिन प्रश्नवाचक अंदाज़ में पूछा।

''नो, इंस्ट्रक्टर मॉर्टिन,'' मैंने कर्तव्यनिष्ठा के साथ जवाब दिया।

''क्योंकि, मिस्टर मैक, जीवन इतना आसान नहीं है और जितनी जल्दी तुम यह सीख लो, उतना ही बेहतर होगा।''

एक साल बीतते-बीतते, लेफ़्टिनेंट मॉर्टिन और मैं इतने घुल-मिल गए कि एक दूसरे को पहले नाम से बुलाने लगे थे। मैंने बेसिक सील ट्रेनिंग पूरी कर ली थी और उन्हें ट्रेनिंग सेंटर से हटाकर, फिर से कोरोनाडो में अंडरवॉटर डिमोलिशन टीम इलेवन में भेज दिया गया था।

मैं मॉकी के बारे में जितना जानता गया, उसके प्रति मेरा सम्मान उतना ही बढ़ता गया। बेहतरीन सील ऑपरेटर होने के साथ-साथ मॉकी बहुत शानदार एथलीट भी था। 1980 के दशक के आरंभ में, उन्हें ट्रायथलॉन का बहुत शौक था। खुले समुद्र में वे सुंदर शैली में फ्रीस्टाइल स्ट्रोक करते थे। उनकी पिंडलियां और जांघें मज़बूत थीं और लंबी दूरी चलने में वे बहुत सहज रहते थे, लेकिन इसका असली फ़ायदा वे साइकिल चलाने में लेते थे। वे और बाइक एक दूसरे के लिए ही बने थे।

हर सुबह वे बाइक पर सवार होकर कोरोनाडो सिल्वर स्ट्रैंड तीस मील का सफ़र तय करते थे। प्रशांत महासागर के समानांतर बाइक का एक पक्का पथ बना हुआ था। यह कोरोनाडो शहर से इंपीरियल बीच शहर तक जाता था। एक तरफ़ समुद्र और दूसरी तरफ़ खाड़ी थी। इस तरह से यह कैलिफ़ोर्निया में समुद्र तट के सबसे ख़ूबसूरत हिस्सों में शामिल था।

एक शनिवार की सुबह, मॉकी सिल्वर स्ट्रैंड पर ट्रेनिंग राइड पर निकले थे। सिर नीचे करके, तेज़ी से पैडल मारते हुए, वे सामने से आती साइकिल को नहीं देख पाए। क़रीब पच्चीस मील प्रति घंटे की रफ़्तार से दोनों बाइकों की आमने-सामने की टक्कर हो गई। टक्कर के कारण दोनों बाइकें टेढ़ी-मेढ़ी हो गईं। दोनों सवार डामर के बने रास्ते पर गिर पड़े। धूल चाटते हुए और लुढ़कते हुए पहला सवार अपने पैरों पर खड़ा हो गया। पहला सवार लुढ़का, अपने आप को धूल चटा दी, और संघर्ष करते हुए अपने पैरों पर खड़ा हो गया। वह ज़ोर से गिरा ज़रूर था लेकिन वैसे ठीक था।

मॉकी मुंह के बल गिरे थे, और हिलने-डुलने में असमर्थ थे। कुछ ही मिनटों में पैरामेडिक्स पहुंच गए और मॉकी को संभालकर अस्पताल ले गए। शुरू में लगा था कि पक्षाघात अस्थायी है, लेकिन फिर कई दिन, महीने और साल बीतते गए, और मॉकी अपने पैरों का इस्तेमाल फिर कभी नहीं कर पाए। इस हादसे से उनकी बांहों की हरकत कम हो गई थी और कमर से नीचे भी लक़वा मार गया था।

पिछले पैंतीस सालों से मॉकी व्हीलचेयर पर हैं। इतने सालों में मैंने कभी भी उन्हें जीवन में अपने दुर्भाग्य के बारे में शिकायत करते नहीं सुना। मैंने उन्हें एक बार भी यह कहते नहीं सुना, "ऐसा मेरे साथ ही क्यों हुआ?" एक बार भी उन्होंने अपने ऊपर दया नहीं दिखाई होगी।

असल में, हादसे के बाद, मॉकी कुशल चित्रकार बन गए थे। वे एक ख़ूबसूरत जवान बेटी के पिता बने। उन्होंने हर साल कोरोनाडो में सुपर फ्रॉग ट्रायथलॉन का आयोजन शुरू करवाया और अपनी निगरानी में आयोजन कराते हैं।

जीवन में अपनी तक़दीर के लिए किसी बाहरी ताक़त पर दोष देना आसान है, कोशिश करना बंद कर देना आसान है, क्योंकि

आप मानते लेते हैं कि आपकी तो तक़दीर ही ख़राब है। यह सोचना तो आसान है कि आपका पालन-पोषण कहां हुआ था, आपके माता-पिता ने आपके साथ कैसा व्यवहार किया था, या आप किस स्कूल में गए थे, क्योंकि यह सब आपके भविष्य को तय करता है। सच्चाई से आगे कुछ भी नहीं हो सकता है। आम लोगों और महान पुरुषों और महिलाओं को इस बात से देखा जाता है कि वे जीवन की कठिनाइयों से कैसे निपटते हैं : हेलेन केलर, नेल्सन मंडेला, स्टीफ़न हॉकिंग, मलाला यूसुफ़जई और मॉकी मार्टिन।

कभी-कभी आप कितनी भी कोशिश कर लें, चाहे आप कितने भी अच्छे क्यों नहीं हों, तब भी आपको चीनी कुकी बनना पड़ जाता है। इसके लिए शिकायत करने या अपनी तक़दीर को कोसने की ज़रूरत नहीं है। डटे रहो, आगे देखो, और आगे बढ़ो!

अध्याय पांच

असफलताएं आपको मज़बूत बना सकती हैं

अगर आप दुनिया बदलना चाहते हैं...

सर्कस से मत डरिए

कोरोनाडो द्वीप की लहरें उथल-पुथल मचा रही थीं। जब हम वापस समुद्र तट की ओर बढ़े, तो सफ़ेद छोटी-छोटी झागदार लहरें हमारे चेहरों पर थपेड़े मार रही थीं। हमेशा की तरह, तैराकी का मेरा साथी और मैं बाक़ी सील ट्रेनिंग क्लास की बराबरी करने के लिए जूझ रहे थे। सेफ़्टी बोट पर सवार इंस्ट्रक्टर हमारे ऊपर रफ़्तार बढ़ाने के लिए चिल्ला रहे थे, लेकिन ऐसा लग रहा था कि हम जितना तेज़ी से तैरते थे, हम उतने ही पीछे पहुंच जाते थे।

उस दिन मेरा तैराक साथी एनसाइन मार्क थॉमस था। मेरी तरह मार्क ने भी रिज़र्व ऑफ़िसर्स ट्रेनिंग कोर के जरिए अपना कमीशन हासिल किया था। वह वर्जीनिया मिलिट्री इंस्टीट्यूट का स्नातक था और कक्षा में सबसे लंबी दूरी के धावकों में शामिल था।

सील ट्रेनिंग में तैराक साथी वह व्यक्ति होता है जिस पर आप भरोसा करते हैं कि वो आपकी मदद करेगा। तैराक साथी ही गहरे पानी में गोता लगाने पर आपके साथ शारीरिक रूप से बंधा होता है। तैराक साथी के साथ ही आप लंबे समय तक तैरते हैं। आपका तैराक साथी आपको पढ़ाई में मदद करता है, वो आपको प्रेरित करता है और ट्रेनिंग के दौरान वह आपका सबसे क़रीबी सहयोगी बन जाता है। और, तैराक साथी के रूप में, यदि आप में से कोई किसी काम में असफल हुआ तो आप दोनों को ही इसका परिणाम भुगतना पड़ता है। टीमवर्क के महत्त्व को मज़बूत करने का यह इंस्ट्रक्टर्स का तरीक़ा था।

जब हम तैरना समाप्त करके समुद्र तट पर पहुंचे, तो एक सील इंस्ट्रक्टर हमारा इंतज़ार कर रहा था।

''ड्रॉप डाउन!'' इंस्ट्रक्टर चिल्लाकर बोला। इस कमांड का मतलब पुश-अप की स्थिति में आना था : पीठ सीधी, बांहें पूरी तरह फैली हुईं, और सिर ऊपर।

''तुम दोनों अपने आप को अधिकारी कहते हो?'' उसके इस सवाल का उत्तर देने का कोई मतलब नहीं था। हम दोनों जानते थे कि वह बोलता ही रहेगा।

''सील टीमों के अधिकारी अगुवाई करते हैं। वे तैराकी में आख़िरी स्थान पर नहीं रहते। वे अपनी क्लास को शर्मिंदा नहीं करते हैं।''

इंस्ट्रक्टर हमारे चारों ओर घूमता रहा, चक्कर लगाते हुए हमारे चेहरों पर रेत उड़ाता रहा।

''मुझे नहीं लगता कि तुम सज्जनों से यह हो पाएगा। मुझे नहीं लगता कि आपके पास सील अधिकारी होने के लिए ज़रूरी चीज़ है।''

उसने अपनी पिछली जेब से एक छोटी-सी काली नोटबुक निकाली, और नफ़रत से हमारी तरफ़ देखा और किताब में कुछ लिखा। ''तुम दोनों ने अभी-अभी सर्कस की सूची बनाई है।'' उसने अपना सिर हिलाया। ''अगर तुम एक और सप्ताह जीवित रह गए तो तुम तक़दीर वाले हो।''

सर्कस। मार्क और मुझे यह क़तई पसंद नहीं था। ट्रेनिंग के अंत में हर दोपहर सर्कस आयोजित किया जाता था। सर्कस में एक और दो घंटे का अतिरिक्त व्यायाम कैलीस्थेनिक्स करना होता था, जिसमें वरिष्ठ सील योद्धा बिना रुके प्रताड़ित करते थे क्योंकि वो चाहते थे कि केवल मज़बूत लोग ही ट्रेनिंग में बचे रहें। अगर

आप उस दिन किसी भी कार्यक्रम में मानकों - व्यायाम, बाधा कोर्स, समय में पूरी की जाने वाली दौड़, या तैरीकी को पूरा करने में नाकाम रहे तो आपका नाम सूची में आ जाएगा। इंस्ट्रक्टरों की नज़र में आप नाकाम हैं।

छात्र सर्कस के केवल अतिरिक्त तकलीफ़ के कारण नहीं डरते थे, बल्कि इसलिए भी डरते थे कि सर्कस के अगले दिन वो अतिरिक्त मेहनत से इतना ज़्यादा थक और लस्त पड़े रहते थे कि वो मानकों को पूरा नहीं कर पाते थे। एक के बाद सर्कस आते रहते थे। यह मौत का ऐसा जाल, असफलता का ऐसा चक्र था जिसके कारण कई छात्रों को ट्रेनिंग छोड़नी पड़ी थी।

बाक़ी छात्रों के दिन के कामों को पूरा करते ही, मार्क और मैं, कई अन्य लोगों के साथ, कैलिसथेनिक्स का एक और लंबे सत्र के लिए एस्फाल्ट ग्राइंडर पर इकट्ठे हो गए।

हम तैरने में सबसे पीछे रहे थे, इसलिए इंस्ट्रक्टरों ने उस दिन सर्कस को हमारे लिए ही तैयार किया था। फ़्लटर किक। इसमें लगातार ढेर सारे फ़्लटर किक शामिल थे।

फ़्लटर किक आपके पेट और जांघों को मज़बूत करने के लिए डिजाइन किए गए थे ताकि आप लंबे खुले समुद्र में तैरते हुए अपना रास्ता बना सकें। वे हम लोगों को थकाने के लिए भी डिजाइन किए गए थे।

फ़्लटर किक एक्सरसाइज में पीठ के बल लेटना होता है, और पैर सीधे अपने सामने रखने होते हैं और हाथ सिर के पीछे रहते हैं। जैसे ही इंस्ट्रक्टर गिनती शुरू करता है, पैर किक मारने की शैली में लगातार ऊपर-नीचे करने पड़ते हैं। एक्सरसाइज के समय घुटने मोड़ने की क़तई अनुमति नहीं होती थी। घुटने मोड़ना गोताखोरों के बीच कमज़ोरी मानी जाती थी।

सर्कस सज़ा देने के लिए था। सैकड़ों फ़्लटर किकों के साथ-साथ पुश-अप, पुल-अप, सिट-अप, और आठ बॉडी बिल्डर। सूरज ढलने तक ये हालत होती थी कि मार्क और मैं चल भी मुश्किल से पाते थे। असफलता की क़ीमत चुकानी पड़ती थी।

अगले दिन और अधिक व्यायाम, एक और दौड़, एक और बाधा दौड़, एक और तैराकी, और बदक़िस्मती से एक और सर्कस। अधिक सिट-अप, अधिक पुश-अप, और बहुत सारी फ़्लटर किक। हालांकि सर्कस के जारी रहने पर एक मज़ेदार बात हुई। हमारी तैराकी बेहतर हो गई, और मार्क तथा मैं समूह में ऊपर जाने लगे।

नाकामी की सज़ा के रूप में शुरू हुआ सर्कस हमें पानी में मज़बूत, तेज़ और अधिक आत्मविश्वासी बना रहा था। जहां कभी-कभार होने वाली असफलता और उससे मिलने वाली तकलीफ़ के कारण अन्य छात्र हिम्मत हार गए थे, वहीं मार्क और मैं सर्कस से हार ना मानने के लिए डटे थे।

जब ट्रेनिंग समाप्त होने वाली थी तो, सैन क्लेमेंट द्वीप के तट से पांच मील दूर तक एक आख़िरी खुली समुद्री तैराकी होनी थी। सील ट्रेनिंग से स्नातक करने के लिए इसे निर्धारित समय में पूरा करना ज़रूरी होता था।

घाट से समुद्र में कूदते ही पानी बहुत ठंडा था। तैरने वाले पंद्रह जोड़े पानी में घुसे और छोटी खाड़ी से, प्रायद्वीप के चारों ओर, और समुद्री घास की राख़ की परतों के ऊपर से लंबी यात्रा पर चल दिए। तकरीबन दो घंटे के बाद, तैरने वाले युगल इतने ज़्यादा फैल चुके थे कि यह बता पाना मुश्किल था कि झुंड में आप कहां हैं। चार घंटे की तैरीकी के बाद लस्त-पस्त, थकी और तकरीबन हाइपोथर्मिया हालत में मार्क थॉमस और मैंने समुद्र तट पार किया था। लहरों के किनारे खड़ा इंस्ट्रक्टर हमारा ही इंतज़ार कर रहा था।

"ड्रॉप डाउन," वह चिल्लाया।

मेरे हाथ-पैर इतने ज़्यादा ठंडे हो चुके थे कि मुझे अपनी अंगुलियों और पैरों में रेत का अहसास तक नहीं हो रहा था। अपने सिर को ऊपर ताने हुए मैं बस अपने और मार्क की ओर चलते आ रहे इंस्ट्रक्टर के बूट ही देख पा रहा था।

''तुम दोनों ऑफ़िसरों ने एक बार फिर अपनी क्लास की नाक कटवा दी।'' मुझे बूटों का एक और जोड़ा दिखा और उसके बाद एक और। कई इंस्ट्रक्टर हमें घेरकर खड़े थे। ''तुम लोगों ने अपनी टीम के साथियों का सिर झुका दिया।'' वह रुककर बोला। ''अपने को संभालो, जेंटलमैन!''

जब मार्क और मैं जब अपने पैरों पर खड़े हुए, तो हमने समुद्र तट के चारों ओर देखा और अचानक हमने पाया कि हमारी जोड़ी ने तैराकी सबसे पहले पूरी की थी।

''तुमने सचमुच उन्हें शर्मिंदा कर दिया।'' इंस्ट्रक्टर मुस्कराते हुए बोला। ''दूसरी कोई जोड़ी नज़र तक नहीं आ रही है।

मार्क और मैं समुद्र की तरफ़ देखने के लिए मुड़े, तो हमने पाया कि सचमुच वहां कोई नहीं था।

''बहुत अच्छे, जेंटलमैन। ऐसा लगता है कि उस अतिरिक्त दर्द और तकलीफ़ की वसूली हो चुकी है।'' इंस्ट्रक्टर रुका, फिर उसने आगे बढ़कर हमसे हाथ मिलाया और बोला, ''जब तुम टीम में शामिल होगे तो मुझे तुम्हारे साथ काम करना मेरे लिए सम्मान की बात होगी।''

हमने यह कर दिखाया था। लंबी तैराकी हमारी ट्रेनिंग का आख़िरी कठिन कार्यक्रम था। कई दिनों बाद मार्क और मुझे स्नातक की उपाधि भी मिल गई।

मार्क ने सील टीमों में विशिष्ट करियर बनाया और हम आज तक क़रीबी दोस्त बने हुए हैं।

जीवन में आपको बहुत सारे सर्कसों का सामना करना पड़ेगा। आप अपनी असफलताओं की क़ीमत चुकाएंगे। लेकिन, अगर आप लगे रहते हैं, अगर आप उन असफलताओं से सीखते हैं और मज़बूत होते हैं तो आप जीवन के सबसे कठिन क्षणों का मुक़ाबला करने के लिए तैयार हो जाएंगे।

जुलाई 1983 ऐसे ही कठिन क्षणों में से एक था। जब मैं कमांडिंग ऑफ़िसर के सामने खड़ा था, तब मुझे लग रहा था कि नेवी सील के रूप में मेरा करियर ख़त्म हो गया है। हाल ही में मुझे अपने सील स्काड्रन से मुक्त किया गया था, अपने स्काड्रन को संगठित, प्रशिक्षित और मिशन संचालित करने के तरीक़े को बदलने की कोशिश करने के लिए मुझे निकाल दिया गया था। संगठन में कुछ शानदार अधिकारी और भर्ती हुए लोग थे, कुछ सर्वाधिक पेशेवर योद्धा भी थे जिनके आसपास मैं कभी रह चुका था। हालांकि, ज़्यादातर संस्कृति तब भी वियतनाम युग में निहित थी, और मुझे लगा था कि यह बदलाव का समय है। यह तो मुझे बाद में पता चला था, कि बदलाव कभी भी आसान नहीं होता, ख़ास तौर पर प्रभारी के लिए।

भले ही मुझे निकाल दिया गया था, लेकिन सौभाग्य से मेरे कमांडिंग ऑफ़िसर ने मुझे दूसरी सील टीम में स्थानांतरित होने की अनुमति दी थी। वैसे सील अधिकारी के रूप में मेरी प्रतिष्ठा को बहुत नुक़सान पहुंचा था। जहां भी मैं गया, वहां अन्य अधिकारियों और सूचीबद्ध लोगों को पता होता था कि मैं नाकाम हो चुका था, और हर दिन फुसफुसाहट और दबे-छिपे इशारे होते थे कि शायद मैं सील होने का काम करने लायक़ नहीं था।

मेरे करियर में उस समय मेरे पास दो रास्ते थे : यह सब छोड़ दूं और नागरिक जीवन की ओर बढ़ जाऊं, जो मेरी हालिया ऑफ़िसर फ़िटनेस रिपोर्ट को देखते हुए एक तर्कसंगत विकल्प था,

या फिर तूफ़ान का सामना करूं और दूसरों को और खुद को साबित कर दिखाऊं कि मैं एक अच्छा सील अधिकारी हूं। मैंने यही दूसरा विकल्प चुना।

निकाले जाने के तुरंत बाद, मुझे दूसरा मौक़ा दिया गया, और मुझे सील पलटन के प्रभारी अधिकारी के रूप में अन्य देशों में तैनाती का अवसर मिला। उस विदेशी तैनाती में ज़्यादातर समय हम दूर-दराज के स्थानों पर रहे, अलग-थलग और अपने दम पर रहे। मुझे यह दिखाने का मौक़ा मिला कि मैं अब भी नेतृत्व कर सकता हूं और इसका मैंने फ़ायदा उठाया। जब आप बारह सीलों के साथ पास के क्वार्टर में रहते हैं तो आपके पास छिपने की कोई जगह नहीं होती। अगर आप सुबह के व्यायाम में 100 प्रतिशत दम लगा रहे हैं तो लोगों को पता चल ही जाता है। जब आप हवाई जहाज से बाहर कूदने के लिए पहली पंक्ति में होते हैं और चाउ लेने के लिए अंतिम पंक्ति में तो लोगों को यह दिख जाता है। लोग आपको अपना हथियार साफ़ करते हुए, अपने रेडियो की जांच करते हुए, ख़ुफ़िया जानकारी पढ़ते हुए, और अपना मिशन ब्रीफ़ तैयार करते हुए देखते हैं। जब आप कल की ट्रेनिंग के लिए सारी रात तैयारी करते हैं तो उन्हें यह सब पता होता है।

विदेशी तैनाती के एक के बाद एक कई महीनों तक मैंने अपनी पिछली असफलता को ज़्यादा काम करने, ज़्यादा प्रयास करने और प्लाटून में सभी से बेहतर प्रदर्शन करने की प्रेरणा के रूप में इस्तेमाल किया। मैं कभी-कभी सर्वश्रेष्ठ होने से चूक भी जाता था, लेकिन मैं अपना सर्वश्रेष्ठ देने से कभी पीछे नहीं हटा।

समय के साथ-साथ, मैंने अपने लोगों के बीच सम्मान वापस पा लिया। कई साल बाद मुझे अपनी खुद की सील टीम की कमान संभालने के लिए चुना गया। आख़िरकार मैंने वेस्ट कोस्ट पर सभी सीलों की कमान भी संभाली।

2003 तक मैं इराक और अफ़गानिस्तान में युद्ध में रहा। अब जबकि मैं वन-स्टार एडमिरल के रूप में युद्ध क्षेत्र में सैनिकों का नेतृत्व कर रहा था, तो मेरे लिए गए हर निर्णय के अपने नतीजे थे। अगले कई सालों में, मैं अक्सर लड़खड़ाया। लेकिन, हर असफलता के बदले, हर ग़लती के बदले, मुझे सैकड़ों सफलताएं भी मिलीं : बंधक छुड़ाए, आत्मघाती हमलावरों को रोका, समुद्री लुटेरे पकड़े, आतंकवादियों को मार गिराया और अनगिनत लोगों की जान बचाई।

मुझे महसूस हुआ कि पिछली असफलताओं ने मुझे मज़बूत किया था, मुझे सिखाया कि कोई भी ग़लतियों से बच नहीं सकता है। सच्चे लीडर को अपनी असफलताओं से सीखना चाहिए, सबक़ का इस्तेमाल खुद को प्रेरित करने के लिए करना चाहिए, और फिर से प्रयास करने या अगला कठिन निर्णय लेने से कभी डरना नहीं चाहिए।

आप सर्कस से बच नहीं सकते। कभी न कभी हम सब लिस्ट में शामिल होते ही हैं। सर्कस से डरिए मत।

अध्याय छह

आपको ज़्यादा साहस दिखाना चाहिए

अगर आप दुनिया बदलना चाहते हैं...

बाधा का मुक़ाबला एकदम सामने से कीजिए।

तीस फुट मीनार के किनारे पर खड़े होकर मैंने मोटी नायलॉन की रस्सी थाम ली। रस्सी का एक सिरा टॉवर से जुड़ा हुआ था और दूसरा सिरा ज़मीन पर सौ फुट दूर एक खंभे से जुड़ा हुआ था। मैं सील के बाधा मार्ग से आधा दूरी पर था और मेरी रफ़्तार रिकॉर्ड तेज़ी पर थी। अपने पैरों को रेखा के शीर्ष पर झुलाते हुए और प्रिय ज़िंदगी को बचाते हुए, मैंने प्लेटफ़ॉर्म से अपना रास्ता बनाना शुरू कर दिया। मेरा शरीर रस्सी के नीचे लटका हुआ था, और किसी इल्ली जैसी रफ़्तार के साथ मैंने धीरे-धीरे दूसरे छोर के लिए एक एक पैर से अपना रास्ता बनाया।

सिरे पर पहुंचकर मैंने लाइन पर अपनी पकड़ छोड़ दी, और नरम रेत में गिर पड़ा, और फिर अगली बाधा की ओर भागने लगा। मेरी कक्षा के अन्य छात्र चिल्ला-चिल्लाकर उत्साह बढ़ा रहे थे, लेकिन मुझे सील इंस्ट्रक्टर की हर मिनट पुकार सुनाई दे रही थी। मैंने स्लाइड फ़ॉर लाइफ़ पर बहुत समय लगा दिया था। लंबी रस्सी पर चलने की मेरी ''पॉसम-स्टाइल'' तकनीक काफ़ी धीमी थी, लेकिन किसी भी तरह मैं खुद को रस्सी के सिरे से नीचे नहीं ला सका था। कमांडो स्टाइल नाम के तरीक़े का इस्तेमाल करते हुए, सिर के बल टॉवर की तरफ़ काफ़ी तेज़ी से जाया जा सकता था, लेकिन यह तरीक़ा काफ़ी ख़तरनाक भी था। नीचे लटकने की तुलना में रस्सी के शीर्ष पर आप काफ़ी अस्थिर होते थे और अगर कहीं आप गिरकर घायल हो गए तो आप कक्षा से बाहर किए जा सकते थे।

मैंने काफ़ी निराशाजनक समय में फ़िनिश लाइन पार की। जब मैं सांस थामने की कोशिश करते हुए दोहरा हुआ तो मैंने देखा कि अच्छी तरह पॉलिश किए गए जूते पहने और भारी भूरी हरी वर्दी पहने वियतनाम युद्ध का एक भूरे रंग का वरिष्ठ सैनिक मेरे ऊपर झुका हुआ था। "तुम कब सीखोगे, मिस्टर मैक?" हिकारत भरे स्वर में वह यह कहने से नहीं चूका। "जब तक तुम जोख़िम उठाना शुरू नहीं करोगे तब तक हर बार तुम बाधा कोर्स में हारते ही रहोगे।"

एक सप्ताह बाद मैं अपने डर को किनारे करके, रस्सी के शीर्ष पर चढ़ा, और सिर के बल स्लाइड फ़ॉर लाइफ़ की तरफ़ बढ़ गया। जब मैंने अपना सर्वश्रेष्ठ प्रदर्शन करके फ़िनिश लाइन को पार किया, तो मैंने देखा कि वरिष्ठ वियतनामी सील योद्धा ने अपनी मंजूरी दे दी है। अपनी चिंताओं पर क़ाबू करने और काम पूरा करने के लिए अपनी क्षमताओं पर भरोसा करने का यह आसान सबक़ था। आने वाले सालों में यह सबक़ मेरे काम आने वाला था।

यह 2004 में इराक की बात थी। रेडियो के दूसरे तरफ़ से आने वाली आवाज़ शांत थी लेकिन इसमें कोई शक नहीं कि उसमें तात्कालिकता का भाव था। हम जिन तीन बंधकों की तलाश कर रहे थे, उनकी जगह का पता लग चुका था। बगदाद के उपनगर में दीवारों से घिरे एक परिसर में अल कायदा के आतंकवादी उन्हें बंधक बनाए हुए थे। दुर्भाग्य से, इंटेलीजेंस ने संकेत दिया था कि आतंकवादी अब उन्हें लेकर कहीं और जाने वाले थे, और हमें तत्परता से काम करने की ज़रूरत थी।

बचाव मिशन के प्रभारी सेना के लेफ़्टिनेंट कर्नल ने मुझे बताया कि उन्हें दिन के उजाले में ख़तरनाक छापेमारी करनी होगी। और ज़्यादा बुरी बात यह थी कि सफल होने का एकमात्र रास्ता तीन

ब्लैक हॉक हेलीकॉप्टरों के जरिए हमलावर दस्ते को बीच परिसर में उतारने का ही था। हमने कुछ अन्य सामरिक उपायों पर भी चर्चा की लेकिन यह ज़ाहिर था कि कर्नल की ही बात सही है। बचाव मिशन हमेशा रात में चलाने को प्राथमिकता दी जाती है, क्योंकि तब आपके पास आश्चर्य में डालने का फ़ायदा होता है, लेकिन यहां तो बहुत कम समय का ही मौक़ा था और अगर हम तुरंत कार्रवाई नहीं करते तो बंधकों को कहीं और ले जाया जा सकता था और संभवत: उन्हें मार भी दिया जा सकता था।

मैंने मिशन को मंजूरी दे दी और कुछ ही मिनटों के अंदर बचाव दल तीन ब्लैक हॉक हेलीकॉप्टरों पर सवार हो गए और परिसर की ओर चल पड़े। ब्लैक हॉक हेलीकॉप्टरों से ऊपर एक और हेलीकॉप्टर मेरे मुख्यालयों को वीडियो निगरानी उपलब्ध करा रहा था। मैं चुपचाप देख रहा था कि तीनों हेलीकॉप्टर किस तरह से अपने को छिपाते हुए ज़मीन से कुछ ही फुट ऊपर रेगिस्तान पर उड़ रहे थे।

खुले परिसर के अंदर मुझे ऑटोमैटिक हथियार से लैस एक आदमी दिखा, जो इमारत के अंदर-बाहर आ-जा रहा था और लग रहा था कि वे वहां से जाने की तैयारी में हैं। हेलीकॉप्टर पांच मिनट में वहां पहुंचने वाले थे और बचाव दलों की अंतिम तैयारियों के बीच मैं बस, अपने मुख्यालय में मिल रहे आंतरिक संचार को सुन पा रहा था।

मेरी निगरानी में ना तो यह पहला बंधक बचाव अभियान हो रहा था और ना आख़िरी, लेकिन यह परिसर के अंदर हेलीकॉप्टर उतारकर दुश्मन को आश्चर्य में डालने के हिसाब से स्पष्ट था कि यह अभियान सबसे साहसिक ज़रूर है। सेना की विमानन इकाई के पायलट दुनिया में सर्वश्रेष्ठ तो थे, लेकिन तब भी अभियान में बहुत ज़्यादा ख़तरा था। साठ फुट से ज़्यादा लंबे ब्लेड वाले तीन

हेलीकॉप्टर जिस ज़मीन पर उतरने वाले थे, वह कुछ ही इंच दूरी पर थी। कठनाई का स्तर परिसर के चारों ओर बनी ईंटों की आठ फुट की दीवार से भी बढ़ रहा था जिस वजह से पायलट अपने पहुंचने के कोण को नाटकीय तरीक़े से बदले पर मजबूर हो रहे थे। यह लैंडिंग काफ़ी मुश्किल होने जा रही थी और कार्रवाई करने के लिए तैयार हो रहे बचाव दल के संदेश मैं रेडियो पर सुन पा रहा था।

ऊपरी निगरानी से मैं हेलीकॉप्टरों को मंज़िल तक पहुंचते देख पा रहा था। पहले विमान ने सपाट और समतल उड़ान भरी और दीवार से ऊपर उड़कर वह छोटे-से परिसर में उतर गया। तुरंत ही बचाव दल ब्लैक हॉक से निकले और इमारत में घुसने लगे। दूसरा हेलीकॉप्टर पहले से कुछ ही फुट पीछे चल रहा था और वह भी उसके कुछ ही फुट दूरी पर उतर गया। हेलीकॉप्टरों के उतरने से उठा धूल का धुएं के बादल ने लैंडिंग एरिया को घेर लिया था। जब तीसरा हेलीकॉप्टर परिसर में पहुंचा तो धुएं के भारी गुबार ने पायलट को एक तरह से अंधा ही कर दिया था। तीसरे हेलीकॉप्टर के आगे का हिस्सा दीवार से टकराते टकराते बाल-बाल बचा लेकिन पीछे का पहिया आठ फुट ऊंचे बेरीकेड से टकरा गया और हर तरफ़ ईंटें फैलने लगीं। बचने के लिए कोई जगह नहीं पाकर, पायलट ने हेलीकॉप्टर से धम से नीचे ही उतार दिया लेकिन अंदर किसी को नुक़सान नहीं पहुंचा।

कुछ ही मिनट बाद मुझे संदेश मिला कि बंधक सुरक्षित हैं। तीस मिनट के अंदर बचाव दल और रिहा कराए गए लोग सुरक्षित वापस चल पड़े थे। दांव जीता जा चुका था।

अगले दशक के दौरान मुझे यह अहसास हो गया कि ख़तरा मोल लेना हमारे विशेष अभियान बलों की ख़ासियत है। सफल होने के लिए वे हमेशा अपनी और अपनी मशीनों की क्षमता बढ़ाते रहते थे। कई मायनों में यही बात उन्हें बाकियों से अलग करती है। हालांकि, बाहरी लोग जैसा देखते थे, उसके विपरीत ख़तरों

का अक्सर हिसाब किया जाता था, उन पर विचार किया जाता था और उनकी अच्छी तरह से योजना बनाई जाती थी। यहां तक कि अगर यह तत्क्षण भी होता तब भी ऑपरेटरों को अपनी सीमाओं की जानकारी होती थी, लेकिन साथ ही खुद पर भरोसा भी होता था कि वे प्रयास कर सकते हैं।

अपने पूरे करियर में मैंने हमेशा एसएएस के नाम से मशहूर ब्रिटिश स्पेशल एयर सर्विस का बेहद सम्मान किया। एसएएस का आदर्श वाक्य था ''हू डेयर्स विन्स'' यानी कि हिम्मत करने वाला ही जीतता है। इस आदर्श वाक्य की इतनी व्यापक सराहना होती थी कि बिन लादेन की छापेमारी से कुछ क्षण पहले मेरे कमांड सार्जेंट मेजर क्रिस फ़ैरिस ने मिशन की तैयारी कर रहे सील सैनिकों के सामने इसे दोहराया था। मेरे लिए यह आदर्श वाक्य ब्रिटिश स्पेशल फ़ोर्स के यूनिट के तौर पर काम करने के तरीक़े से कुछ ज़्यादा ही था। यह बताता था कि हमें अपनी ज़िंदगी को किस तरह से लेना चाहिए।

जीवन एक संघर्ष है और असफलता की संभावना हमेशा मौजूद रहती है लेकिन जो असफलता या कठिनाई या शर्मिंदगी के भय में रहते हैं, वो कभी अपनी क्षमता हासिल नहीं कर पाते हैं। अपनी सीमाएं बढ़ाए बिना, मौक़ा पड़ने पर रस्सी से सिर के बल नीचे उतरे बिना, बेहद साहस से काम लिए बिना, आपको कभी यह पता नहीं चल सकता है कि आपके जीवन में सचमुच क्या-क्या संभव है।

अध्याय सात

दबंगों के सामने डटकर खड़े हो जाइए

अगर आप दुनिया बदलना चाहते हैं...

शार्कों से डरकर पीछे मत हटिए

जब हमने चार मील की रात्रि तैराकी शुरू की तो हमें सेन क्लीमेंट द्वीप का पानी काफ़ी चंचल और ठंडा लगा। एनसाइन मार्क थॉमस मेरे साइडस्ट्रोक का एक के बाद एक मिलान कर रहे थे। हमारे पास बस एक ढीला-ढाला गीला सूट टॉप, एक मास्क और एक जोड़ी फ़िन थे और हम उस धारा के विपरीत पूरा ज़ोर लगाकर तैरते जा रहे थे, जो छोटे प्रायद्वीप के चारों तरफ़ दक्षिण की तरफ़ बह रही थी। हम खुले समुद्र में अपना रास्ता बना चुके थे और जिस नौसैनिक अड्डे से हमने शुरुआत की थी, उसकी रोशनी अब फीकी दिखाई पड़ने लगी थी। एक घंटे में हम समुद्र तट से लगभग एक मील दूर पहुंच चुके थे और पानी में बिलकुल अकेले लग रहे थे। हमारे आसपास जो भी तैराक थे, वे अंधेरे में घिरे हुए थे।

मैं मार्क के मास्क में लगे शीशे से उसकी आंखों को देख पा रहा था। उसके हाव-भाव मेरे जैसे ही लग रहे थे। हम दोनों जानते थे कि सेन क्लीमेंट का पानी शार्कों से भरा हुआ है। और शार्क भी ऐसी वैसी नहीं, बल्कि विशाल सफ़ेद शार्क जो समुद्र में सबसे बड़ी और सबसे आक्रामक आदमखोर होती हैं। हमारा तैरना शुरू करने से पहले, सील इंस्ट्रक्टरों ने हमें उन सभी संभावित ख़तरों के बारे में जानकारी दे दी थी, जिनका हमें उस रात सामना करना पड़ सकता था। उसमें तेंदुआ शार्क, माको शार्क, हैमरहेड शार्क, थ्रेशर शार्क शामिल थीं, लेकिन हमें सबसे ज़्यादा डर था विशाल सफ़ेद शार्कों से।

रात के समय, समुद्र के बीच में अकेले रहने में कुछ घबराहट थी, क्योंकि हमें पता था कि सतह के नीचे एक प्रागैतिहासिक प्राणी

दुबका हुआ है जो हमारे दो टुकड़े कर देने का इंतज़ार कर रहा है। हालांकि हम दोनों सील होने के लिए इतने बेताब थे कि उस रात पानी में हमें कोई भी नहीं रोक सकता था।

अगर हमें शार्क से लड़ना होता, तो हम दोनों इसके लिए भी तैयार थे। हमारे उस लक्ष्य ने हमें साहस दिया, जिसे हम सम्माननीय और महान मानते थे, और साहस एक असाधारण गुण है। आपके रास्ते में कुछ भी और कोई नहीं टिक सकता। अगर यह नहीं है तो दूसरे ही आपके आगे के रास्ते को तय करेंगे। इसके बिना तो आप जीवन के प्रलोभनों की दया पर हैं। साहस नहीं हो तो, अत्याचारी और निरंकुश ही राज करेंगे। साहस के बिना कोई भी महान समाज फल-फूल नहीं सकता। साहस नहीं हो तो, दुनिया के दबंग सामने उठ खड़े होते हैं। इससे आप कोई भी लक्ष्य पूरा कर सकते हैं। इससे आप बुराई को मिटा और हरा सकते हैं।

इराक के पूर्व राष्ट्रपति सद्दाम हुसैन केवल नारंगी जंपसूट में सेना की एक पुरानी खाट पर बैठे थे। चौबीस घंटे पहले उन्हें अमेरिकी सेना ने पकड़ा था और अब वे अमेरिका के क़ैदी थे।

जब मैंने नई इराकी सरकार के नेताओं को आने देने के लिए कमरे का दरवाज़ा खोला तो सद्दाम बैठे रहे। उनके चेहरे पर एक मुस्कान आ गई, और उनके व्यवहार में पश्चाताप या समर्पण का कोई निशान नहीं दिख रहा था। तुरंत ही, चार इराकी नेता सद्दाम पर चिल्लाने लगे, लेकिन वे थे कुछ सुरक्षित दूरी पर ही। तिरस्कार की दृष्टि से, सद्दाम ने उनकी तरफ़ एक ज़हरीली मुस्कान के साथ देखा और उन्हें बैठने का इशारा किया। पूर्व तानाशाह से अब भी डरते हुए, उन सभी ने एक-एक फ़ोल्डिंग चेयर पकड़ी और अपनी-अपनी सीट पर बैठ गए। उनका चिल्लाना और अंगुली दिखाना जारी

था लेकिन धीरे-धीरे कम हो रहा था और पूर्व तानाशाह सद्दाम ने बोलना शुरू कर दिया था।

सद्दाम हुसैन के नेतृत्व वाली बाथ पार्टी हज़ारों शिया इराकियों और कई हज़ार कुर्दों की मौत के लिए ज़िम्मेदार थी। सद्दाम ने खुद ऐसे कई जनरलों को मौत के घाट उतार दिया था जिनके बारे में उन्हें लगता था कि वे निष्ठाहीन हैं।

हालांकि मैं आश्वस्त था कि सद्दाम अब कमरे में मौजूद बाक़ी लोगों के लिए ख़तरा नहीं रह गए हैं लेकिन इराकी नेता इतने निश्चित नहीं थे। उनकी आंखों में डर साफ़ झलक रहा था। बगदाद के कसाई कहे जाने वाले इस आदमी ने दशकों तक पूरे देश को आतंकित कर रखा था। उनकी विचारधारा ने सबसे ख़राब क़िस्म के अनुयायियों को आकर्षित किया था। उनके क़ातिल गुंडों ने बेगुनाहों के साथ क्रूरता की थी और हज़ारों लोगों को देश से भागने पर मज़बूर कर दिया था। अत्याचारी शासक को चुनौती देने का साहस इराक में किसी के पास नहीं था। मेरे मन में कोई संदेह नहीं था कि ये नए नेता अब भी इस बात से डरे हुए हैं कि सद्दाम सलाखों के पीछे रहते हुए भी पता नहीं क्या कर डालें।

अगर इस मुलाक़ात का मक़सद सद्दाम को यह बताना था कि वे अब सत्ता में नहीं है - तो यह मक़सद तो नाकाम हो गया था। उन संक्षिप्त पलों में, सद्दाम नए शासन नेतृत्व को डराने में कामयाब रहे थे। वे पहले से कहीं ज़्यादा आत्मविश्वास से भरे लग रहे थे।

जब इराकी नेता चले गए, तो मैंने अपने सुरक्षाकर्मियों को उस पूर्व राष्ट्रपति को एक छोटे-से कमरे में अलग-थलग कर देने का निर्देश दिया।

किसी को मिलने नहीं दिया जाएगा, और कमरे के पहरेदारों को सद्दाम के साथ बात नहीं करने का आदेश दिया गया। अगले महीने तक मैं हर दिन उस छोटे-से कमरे में जाता रहा। और हर दिन सद्दाम

मेरा अभिवादन करने के लिए उठते थे, और हर दिन बिना कुछ बोले, मैं उसे अपनी खाट पर वापस जाने का इशारा करता था। मेरा संदेश स्पष्ट था। वे अब ख़ास नहीं रह गए थे। वे अब अपने आसपास के लोगों को डरा नहीं सकते थे। वे अब अपनी प्रजा में डर पैदा नहीं कर सकते थे। उनके पास चमचमाता महल नहीं रह गया था। दासियां, नौकर और जनरल नहीं रह गए थे। सत्ता जा चुकी थी। उनके शासन की पहचान बन चुका अहंकार और अत्याचार ख़त्म हो चुका था। साहसी युवा अमेरिकी सैनिक उनके अत्याचार के सामने खड़े हो चुके थे, और अब वे किसी के लिए ख़तरा नहीं रह गए थे।

तीस दिन बाद, मैंने सद्दाम हुसैन को सही सैन्य पुलिस इकाई में ट्रांसफ़र कर दिया, और एक साल बाद इराकियों ने उन्हें राष्ट्र के ख़िलाफ़ अपराधों के लिए फांसी दे दी।

दबंग सभी एक जैसे होते हैं; चाहे वे स्कूल के परिसर में हों, कार्यस्थल पर हों, या आतंक के जरिए किसी देश पर शासन कर रहे हों। वे डराने-धमकाने के बल पर ही फलते-फूलते हैं। दबंग लोग डरपोक और कमज़ोर दिल वालों से अपनी ताक़त हासिल करते हैं। वे शार्क की तरह होते हैं जो पानी में डर महसूस करती हैं। वे यह देखने के लिए चक्कर लगाती हैं कि क्या उनका शिकार जूझ रहा है। वे यह पड़ताल करती हैं कि उनका शिकार कमज़ोर है या नहीं। अगर आप अपने लिए खड़े होने का साहस नहीं पाते हैं, तो वे हमला कर देंगी। जीवन में, अपने लक्ष्य हासिल करने के लिए, रात की तैराकी पूरा करने के लिए, आपको बहुत हिम्मतवर पुरुष और महिला बनना होगा। ऐसा साहस हम सबके अंदर होता है। गहरा खोदने पर आप इसे बहुतायत में पाएंगे।

अध्याय आठ

मौक़ा आने पर उठ खड़े हो जाइए

अगर आप दुनिया बदलना चाहते हैं...

सबसे बुरे समय में सर्वश्रेष्ठ बने रहिए

मैं रेतीली ज़मीन के छोटे-से टुकड़े पर खड़ा था, और खाड़ी के पार युद्धपोतों की कतारें देख रहा था जो 32वें स्ट्रीट नेवल बेस पर बंधे हुए थे। जहाजों और हमारे स्टार्टिंग पॉइंट के बीच सेन डिएगो खाड़ी में एक छोटा जहाज लंगर डाले था जो उस शाम का ''लक्ष्य'' था। हमारी ट्रेनिंग क्लास ने पिछले कई महीनों में बुनियादी स्कूबा डाइविंग और अधिक उन्नत, बुलबुलेमुक्त, इमर्सन क्लोज-सर्किट डाइविंग रिग सीखे थे। उस रात बेसिक सील ट्रेनिंग का तकनीकी रूप से सबसे कठिन हिस्सा, डाइव चरण का चरम था।

हमारा मक़सद खाड़ी के स्टार्टिंग पॉइंट से लंगर वाले जहाज तक दो हज़ार मीटर पानी के अंदर तैरना था। एक बार जहाज के नीचे, हमें अपनी प्रेक्टिस लिंपेट माइन को जहाज के पैंदे पर रखना था और फिर, बिना सुराग़ दिए, समुद्र तट पर वापस लौटना था। इमर्सन डाइविंग उपकरण को हिकारत से ''डेथ रिग'' कहा जाता था। यह कभी-कभी होने वाली ख़राबी के लिए भी जाना जाता था, और सील में प्रचलित लोककथाओं के मुताबिक़ इमर्सन का इस्तेमाल करते हुए कई प्रशिक्षुओं की मौत हो चुकी थी।

रात में सेन डिएगो खाड़ी में दृश्यता इतनी ख़राब थी कि चेहरे के सामने अपना हाथ तक नहीं दिख रहा था। हमारे पास पानी के नीचे के कंपास पर उजाला करने के लिए छोटी-सी हरी रासायनिक लाइट थी। कोहरे ने और ज़्यादा हालत बिगाड़ दी थी। खाड़ी पर धुंध छाई हुई थी, जिससे हमारे लक्ष्य पर शुरुआती कंपास देख पाना मुश्किल हो गया था। यदि हम लक्ष्य से चूक जाते तो खुद को

शिपिंग चैनल में पाते, जो किसी नौसेना विध्वंसक को बंदरगाह में खींचे जाते समय बहुत बुरी जगह होता है।

रात में गोता लगाने की तैयारी कर रहे गोताखोरों के पच्चीस जोड़ों के सामने सील इंस्ट्रक्टर आगे-पीछे हो रहे थे। इंस्ट्रक्टर भी उतने ही घबराए हुए लग रहे थे जितने हम थे। वे जानते थे कि इस ट्रेनिंग प्रोग्राम में किसी के चोटिल होने या मरने की आशंका काफ़ी ज़्यादा है।

कार्यक्रम के प्रभारी चीफ़ पेटी ऑफ़िसर ने सभी गोताखोरों को छोटे-से घेरे में बुलाया, और बोलने लगे, ''जेंटलमैन, आज रात हमें पता चलेगा कि तुम में से कौन से नाविक सचमुच गोताखोर बनना चाहते हैं।'' अपनी बात में असर डालने के लिए वह थोड़ा-सा रुका। ''वहां ठंड और अंधेरा है। जहाज के नीचे अंधेरा और ज़्यादा हो जाएगा। इतना अंधेरा हो सकता है कि आप भटक सकते हैं। इतना अंधेरा हो सकता है कि अगर आप अपने तैराक साथी से अलग हो गए, तो वह आपको नहीं ढूंढ़ पाएगा।''

कोहरा अब हमारे चारों ओर घिर रहा था और धुंध उस ज़मीन के टुकड़े पर भी छा चुकी थी जिस पर हम खड़े थे। ''आज रात, तुम्हें अपना सर्वश्रेष्ठ बनना होगा। तुम्हें अपने डर, अपनी शंका और अपनी थकान से ऊपर उठना होगा। अंधेरा चाहे कितना भी हो, तुम्हें मिशन पूरा करना ही होगा। यही ख़ासियत तुम्हें बाक़ी लोगों से अलग करती है।'' ये वही शब्द थे जो आगे तीस सालों तक मेरे साथ किसी न किसी तरह से बने रहे।

जब मैंने अफ़गानिस्तान में बगराम एयर बेस पर कोहरे को हवाई क्षेत्र में घिरते हुए देखा, तो मेरे सामने एक और मुश्किल घड़ी आती जा रही थी। एक भारी सी-17 विमान को डामर की सड़क पर खड़ा

किया गया था, इसका रैंप नीचे कर दिया गया था, जो वीरगति प्राप्त योद्धा के अवशेषों को लेने के लिए खड़ा था।

यह रैंप सेरेमनी थी। यह इराक और अफ़गानिस्तान में युद्धों के सबसे गंभीर और अभी तक निर्विवाद रूप से प्रेरक पहलुओं में शामिल थी। यह अमेरिका का सबसे अच्छा रूप था। हर पुरुष और हर महिला के साथ अविश्वसनीय गरिमा और सम्मान का व्यवहार किया जाता था, चाहे उसकी पृष्ठभूमि कुछ भी हो, चाहे उसके अंतिम क्षण कितने भी बहादुरी के क्यों ना हों। यह उनके बलिदान का सम्मान करने का हमारे देश का तरीक़ा था। यह हमारी अंतिम सलामी थी, हमारा अंतिम धन्यवाद होता था और उन्हें उनके घर भेजने के समय की जाने वाली प्रार्थना होती थी।

सैनिकों की दो समानांतर रेखाएं रैंप से बाहर निकली हुई थीं। परेड रेस्ट पर उन्होंने सलामी गारद बनाया था। हवाई जहाज के दाईं तरफ़ एक छोटा-सा थ्री-पीस बैंड था, जो धीमे स्वर में ''अमेजिंग ग्रेस'' की धुन बजा रहा था।

मेरे समेत कुछ अन्य लोग बाईं ओर इकट्ठे हुए थे, और सारे हैंगर रो में सैकड़ों अन्य सैनिक, नाविक, वायुसैनिक, नौसैनिक, नागरिक और हमारे सहयोगी खड़े थे। ये सभी अंतिम विदाई देने पहुंचे थे।

अवशेषों को ले जाने वाला हमवी सामरिक वाहन ठीक समय पर आ गया। दिवंगत बहादुरों की यूनिट के छह लोगों ने ताबूत उठाया। झंडे में लिपटे ताबूत को उतारते हुए उन्होंने धीरे-धीरे सलामी गारद के जरिए से रैंप और विमान पर मार्च किया।

उन्होंने ताबूत को कार्गो बे के बीच में रखा, सावधानी से मोड़ा, सावधान की मुद्रा में आए और उसे सलामी दी। ताबूत के शिखर पर, पादरी ने अपना सिर झुकाया और आइज़ाया 6:8 का पाठ किया।

''और मैंने यहोवा का यह वचन सुना कि मैं किसको भेजूं, और हमारे लिए कौन जाएगा? और मैंने कह दिया, मैं यहां हूं। मुझे भेजिए!''

''टेप्स'' के बजते ही सैनिकों के चेहरों पर आंसू बहने लगे। उन्होंने अपनी पीड़ा को छिपाने की कोई कोशिश नहीं की।

ताबूत उठाने वालों के जाते ही बाहर पंक्तिबद्ध खड़े सैनिक, एक-एक करके आए और सलामी देते हुए, ताबूत के पास घुटनों के बल टिककर आख़िरी विदाई देने लगे।

सी-17 उस सुबह देर से उड़ा, रास्ते में उसने ईंधन भरा और डोवर वायु सेना अड्डे पहुंचा। वहां मृत सैनिक के परिजनों के साथ एक बार और सलामी गारद ताबूत को दिया गया और ताबूत घर ले जाया गया।

आप जिसे प्यार करते हैं, उसे खोने से बुरा पल जीवन में कोई और नहीं होता है, और फिर भी मैंने बार-बार देखा कि परिवारों के रूप में, सेना की यूनिटों के रूप में, नगरों के रूप में, शहरों के रूप में और राष्ट्र के रूप में उस दुखद घड़ी में हम किस तरह से एक होकर सबसे मज़बूत बने रहे।

जब इराक में सेना के एक अनुभवी स्पेशल ऑपरेटर को मार दिया गया, तो उसका जुड़वां भाई तनकर खड़ा हो गया, उसने सैनिक के दोस्तों को सांत्वना दी, परिवार को संभाला, और यह सुनिश्चित किया कि उसके खोए हुए भाई को ज़रूरत के इस समय उसकी शक्ति पर गर्व हो।

जब एक मृत रेंजर को जॉर्जिया में सवाना में उसके बेस पर वापस लाया गया, तो उसकी पूरी यूनिट ने, अपनी शानदार वर्दी पहनकर, चर्च से रिवर स्ट्रीट पर रेंजर के पसंदीदा बार तक मार्च किया था। पूरे रास्ते में सवाना नगर के लोग बाहर निकलकर खड़े थे। फ़ायरफ़ाइटर, पुलिस अधिकारी, पूर्व सैनिक, जीवन के सभी

क्षेत्रों के नागरिक, अफ़गानिस्तान में वीरगति को प्राप्त हुए उस युवा सैनिक को सलामी देने के लिए मौजूद थे।

जब एक सीवी-22 विमान अफ़गानिस्तान में दुर्घटनाग्रस्त हो गया था, जिसमें पायलट और चालक दल के कई सदस्य मारे गए थे, तब उसी यूनिट के वायुसैनिकों ने एक साथ आकर उन्हें श्रद्धांजलि दी थी, और अगले दिन उड़ान से वापस चले गए थे- क्योंकि वे जानते थे कि उनका दिवंगत साथी चाहता था कि वे आसमान में अपना मिशन जारी रखें।

जब एक हेलीकॉप्टर दुर्घटना में 25 विशेष ऑपरेटरों और छह नैशनल गार्ड सैनिकों की जान चली गई, तो पूरे देश ने शोक मनाया था, लेकिन साथ ही शहीद हुए योद्धाओं के साहस, देशभक्ति और वीरता पर गर्व भी किया था।

किसी न किसी समय हम सभी को जीवन में किसी ऐसे अंधेरे पल का सामना करना पड़ेगा। किसी प्रियजन की मौत नहीं, तो कुछ और ऐसा है जो आपकी आत्मा को तोड़कर रख दे और आपको अपने भविष्य के बारे में सोचने पर मजबूर कर दे। उस कठिन पल में, आप अपने अंदर की गहराई तक पहुंचिए और अपने सर्वश्रेष्ठ रूप में सामने आइए।

अध्याय नौ

लोगों के मन में आशा जगाइए

अगर आप दुनिया बदलना चाहते हैं...

जब गले तक कीचड़ में धंसे हों तो गाना शुरू कर दीजिए

रात में समुद्र से आ रही हवा 20 मील प्रति घंटे की रफ़्तार से चल रही थी। चंद्रमा दिखाई नहीं दे रहा था और निचले बादलों की शाम की परत ने सितारों को ढंक लिया था। मैं सीने तक कीचड़ में धंसा बैठा था, और मेरे ऊपर सिर से पैर तक मैल की परत चढ़ी हुई थी। पकी हुई मिट्टी से मेरी नजर तक धुंधली हो चुकी थी और मुझे केवल बगल के गड्ढे में लाइन से पड़े अपने साथी छात्रों की आकृतियां दिख रही थीं।

हेल वीक के बुधवार का दिन था, और मेरी सील ट्रेनिंग क्लास कुख्यात टिजुआना मडफ़्लैट्स में थी। सील ट्रेनिंग के पहले चरण में हेल वीक महत्त्वपूर्ण बात होती थी। लगातार छह दिनों तक सोने को नहीं मिलता था और इंस्ट्रक्टर बेरहमी से परेशान करते थे। इसमें लंबी दौड़, खुले समुद्र में तैरना, बाधा कोर्स, रस्सी चढ़ाई, कैलीस्थेनिक्स के ख़त्म नहीं होने वाले सत्र, और इन्फ़्लेटेबिल बोट स्मॉल की लगातार पैडलिंग होती थी। हेल वीक का मक़सद ऐसे कमज़ोर छात्रों को बाहर करना था, जो सील होने लायक़ मज़बूत नहीं थे।

आंकड़ों के लिहाज से कहा जाए तो ट्रेनिंग के किसी भी अन्य समय की तुलना में हेल वीक में ही सबसे ज़्यादा छात्रों ने ट्रेनिंग छोड़ी थी, और मडफ़्लैट्स सप्ताह का सबसे मुश्किल हिस्सा थे। दक्षिण सेन डिएगो और मैक्सिको के बीच स्थित, मडफ़्लैट्स निचले इलाक़े में थे जहां सेन डिएगो की जल निकासी ने गहरी और मोटी मिट्टी की बड़ी पट्टी बना दी थी, जिसमें मिट्टी गीली थी।

इसके पहले दोपहर में, हमारी क्लास अपनी रबर की नावों को कोरोनाडो से मडफ़्लैट्स तक चलाकर ले गई थी। वहां पहुंचने के तुरंत बाद हमें कीचड़ में खड़ा कर दिया गया और हमें ठंडा, गीला और मुश्किल में रखने के लिए ख़ासतौर पर डिजाइन की गई दौड़ और व्यक्तिगत प्रतियोगिताओं की श्रंखला शुरू हुई। हमारे शरीर के हर हिस्से में कीचड़ चिपक गया था। यह इतना गाढ़ा था कि इसमें चलते-चलते हम थक गए थे और इससे हमारे चलते रहने की इच्छा की परख़ हुई थी।

दौड़ घंटों तक चलती रही। हड्डियां कंपा देने वाली ठंड और थकान से हम बहुत मुश्किल से शाम तक बाहर निकल सके थे। जब सूरज छिपा तो तापमान गिर गया, हवा तेज़ हो गई, और सब कुछ और भी कठिन लगने लगा था।

हमारा मनोबल तेज़ी से गिरता जा रहा था। यह तो केवल बुधवार की बात थी, और हम सभी जानते थे कि आगे तीन और दिनों का तकलीफ़ और थकान है। यह बहुत सारे छात्रों के लिए कसौटी का क्षण था। बेहद कांपते हुए, और सूजे हाथ-पैरों के साथ हमारी त्वचा इतनी कोमल हो गई थी कि थोड़ी-सी भी हरकत से परेशानी होने लगती थी। ट्रेनिंग पूरी करने की हमारी आशा तेज़ी से ग़ायब होती जा रही थी।

शहर की दूर की रोशनी की छाया में एक सील इंस्ट्रक्टर ख़ास मक़सद से कीचड़ के किनारे तक चला गया। वह किसी पुराने दोस्त की तरह लग रहा था। उसने बुलहॉर्न में धीरे से बोला और उसने पीड़ित प्रशिक्षुओं को आराम दे दिया। उसने कहा कि हम उसके और अन्य इंस्ट्रक्टर्स के साथ आग ताप सकते हैं। उसके पास गर्म कॉफ़ी और चिकन सूप था। सूरज निकलने तक हम आराम कर सकते थे। बैठ जाओ। आराम करो।

मैं समझ रहा था कि कुछ छात्र उसके प्रस्ताव को स्वीकार करने के लिए तैयार थे। आख़िर हम कीचड़ में कब तक बचे रह सकते थे? गर्म आग, गर्म कॉफ़ी और चिकन सूप निश्चित रूप से अच्छा लग रहा था। लेकिन तभी कैच आ गया। वह इतना ही चाहता था कि हम में से पांच चले जाएं। केवल पांच लोग चले जाएं तो बाक़ी क्लास को दर्द से कुछ राहत मिल सकती थी।

मेरे बगल का छात्र इंस्ट्रक्टर की ओर बढ़ने लगा। मैंने उसका हाथ कसकर पकड़ लिया, लेकिन कीचड़ छोड़ने की इच्छा बहुत तीव्र थी। वह मेरी पकड़ से छूट गया और सूखी ज़मीन की तरफ़ भागने लगा। मैंने देखा कि इंस्ट्रक्टर मुस्करा रहा था। वह जानता था कि एक बार कोई एक आदमी छोड़ दे, तो दूसरे भी उसके पीछे चल देंगे।

अचानक, हवा के झोंके के ऊपर से एक आवाज़ आई। गाने की आवाज़। आवाज़ थकी हुई और कर्कश थी, लेकिन इतनी तेज़ थी कि सभी को सुनाई दे जाए। वो गाना नर्म कानों के लिए नहीं था, लेकिन हर कोई उसकी धुन जानता था। एक आवाज़ में दूसरी आवाज़ मिली और दो से तीन और फिर जल्द ही सब लोग गाने लगे थे।

सूखी ज़मीन की तरफ़ दौड़ता हुआ वह छात्र पीछे मुड़ा और मेरे पास वापस आ गया। अपनी बांहों को मेरी बांहों में लपेटकर उसने भी गाना शुरू कर दिया। इंस्ट्रक्टर ने बुलहॉर्न हाथ में लिया और चिल्लाकर क्लास को गाना बंद करने के लिए बोला। किसी ने उसकी बात नहीं मानी। अब क्लास लीडर सबको चुप कराने के लिए चिल्ला पड़ा। गायन तब भी जारी रहा। इंस्ट्रक्टर की हर धमकी के साथ गायन की आवाज़ तेज़ होती गई, क्लास और मज़बूत हो गई तथा सबकी विषम परिस्थितियों का सामना करते रहने की इच्छा अटूट हो गई। अंधेरे में, आग की रोशनी इंस्ट्रक्टर के चेहरे

पर पड़ रही थी और मुझे उसके चेहरे पर मुस्कराहट दिख रही थी। एक बार फिर, हमने एक अहम सबक़ सीख लिया था : समूह को एकजुट करने की व्यक्ति की शक्ति, एक व्यक्ति में अपने आसपास के लोगों को एकजुट करने, उन्हें आशा बंधाने की शक्ति। अगर वह एक व्यक्ति कीचड़ में डूबकर भी गा सकता है, तो हम भी गा सकते हैं। अगर वह एक व्यक्ति कड़ाके की ठंड सह सकता है, तो हम भी सह सकते हैं। यदि वह एक व्यक्ति डटा रह सकता है, तो हम भी डटे रह सकते हैं।

डोवर एयर फ़ोर्स बेस का बड़ा कमरा दुखी परिवारों से भरा हुआ था – अपनी मां की बांहों में रोते हुए दुखी बच्चे, एक-दूसरे से ताक़त हासिल करने की उम्मीद में हाथ पकड़े माता-पिता, और अविश्वास से भरी खोई-खोई नजरों वाली पत्नियां। सिर्फ़ पांच दिन पहले ही नौसेना सील और उनके अफ़गान स्पेशल ऑपरेशन के सहयोगियों को ले जा रहा एक हेलीकॉप्टर अफ़गानिस्तान में मार गिराया गया था। बोर्ड पर सवार सभी अड़तीस लोग मारे गए थे। आतंकवाद के ख़िलाफ़ युद्ध में यह सबसे बड़ा नुक़सान था।

एक घंटे से भी कम समय में, बड़े सी-17 परिवहन विमान को डोवर में उतारा गया और मारे गए वीर सैनिकों के परिवारों को झंडे में लिपटे ताबूतों के दर्शन के लिए उड़ान लाइन तक ले जाया गया। हालांकि उन परिवारों के इंतज़ार के दौरान अमेरिका के राष्ट्रपति, रक्षा मंत्री, सेवा मंत्री, और वरिष्ठ सैन्य अधिकारी प्रतीक्षा कक्ष में आदरांजलि देने और परिवारों को सांत्वना देने के लिए घुसे थे।

मैंने शहीद सैनिकों की दर्जनों सर्विसेज में हिस्सा लिया था। यह कभी भी आसान नहीं होता था, और मैं अक्सर सोचा करता था कि अपने प्रियजनों को खोने वालों लोगों पर क्या सांत्वना के मेरे

शब्दों से कोई फ़र्क़ पड़ता है या क्या प्रियजन को गंवाने के सदमे में वे मेरी कही किसी भी बात को समझ ही नहीं पाते हैं।

जब मेरी पत्नी जॉर्जियन और मैंने उन परिवारों से बात करना शुरू किया तो मैं सही शब्द चुनने के लिए जूझ रहा था। मुझे उनके दर्द से सच्ची सहानुभूति कैसे हो सकती है? मैं उन्हें कैसे बता सकता था कि उनके बेटे, उनके पति, उनके पिता, उनके भाई, उनके दोस्त का बलिदान इसके लायक़ था? मैंने सभी को सांत्वना देने की पूरी कोशिश की, उन्हें गले लगाया, उनके साथ प्रार्थना की। मैंने उनके सामने मज़बूत बने रहने की कोशिश की, लेकिन मुझे पता चल चुका था कि मेरे पास शब्द कम पड़ गए थे।

तभी, जब मैं एक बुजुर्ग महिला के पास घुटने टेककर बैठा, तो मैंने देखा कि मेरे बगल का परिवार मैरीन लेफ़्टिनेंट जनरल जॉन केली से बात कर रहा है। रक्षा मंत्री के सैन्य सहायक केली लंबे, दुबले-पतले भूरे बालों वाले और साफ़ नौसेना वर्दी पहने हुए थे। परिवार उनके इर्द-गिर्द इकट्ठा था, और मुझे लग रहा था कि इस त्रासदी के समय सहानुभूति और प्रोत्साहन के उनके शब्दों का शोकग्रस्त माता-पिता और उनके बच्चों पर गहरा प्रभाव पड़ रहा था। वे मुस्कराए और फिर उस परिवार के लोग भी मुस्कराए। जॉन केली ने उन्हें गले लगाया और परिजनों ने भी उन्हें गले लगाया। जॉन केली ने अपना हाथ बढ़ाया और परिवार के लोगों ने उसे कसकर थाम लिया।

आख़िरी बार माता-पिता को गले लगाने और परिवार को उनके बलिदान के लिए धन्यवाद देने के बाद, केली बचे हुए उदास लोगों के अगले समूह की तरफ़ चले गए। अगले घंटे में, जॉन केली ने कमरे में लगभग हर परिवार को गले लगाया। उस दिन केली के शब्द किसी भी अन्य आगंतुक की तुलना में हर माता-पिता, हर पत्नी, हर भाई और बहन और हर दोस्त को ज़्यादा सुनाई दिए थे।

उनके शब्द समझ में आ रहे थे। उनके शब्दों में करुणा भरी थी, आशा भरी थी।

उस दिन केवल जॉन केली ने ही माहौल बदला था। केवल जॉन केली ही उन्हें उम्मीद दे सके थे, क्योंकि केवल जॉन केली ही जानते थे कि युद्ध में बेटे को खोने का मतलब क्या होता है।

मैरीन फ़र्स्ट लेफ़्टिनेंट रॉबर्ट केली 2010 में अफ़गानिस्तान में तीसरी बटालियन, फ़िफ़्थ मरीन में ड्यूटी करते हुए मारे गए थे। जनरल केली और उनका परिवार उस दिन डोवर के परिवारों की तरह ही दुख का सामना कर रहा था। हालांकि केली परिवार उस दुख को सहन कर गया था। उन्होंने तकलीफ़, दिल की पीड़ा, और नुक़सान की ना संभाली जा सकने वाली भावना का सामना किया था।

उस दिन जब मैंने उन्हें देखा तो उन्होंने मुझे भी हिम्मत बंधाई थी। सच तो यह है कि जब आप किसी सैनिक को खोते हैं तो आप उसके परिवारों के लिए दुखी होते हैं, लेकिन आपको यह भी डर होता है कि किसी दिन आपकी तक़दीर में भी वही सब हो सकता है। आप सोचने लगते हैं कि क्या आप बच्चे का नुक़सान सह लेंगे। अथवा आप यह सोचते हैं कि आपके बिना आपके परिवार का क्या होगा। आप आशा करते हैं और प्रार्थना करते हैं कि भगवान दया करेंगे और आपको इस अकल्पनीय बोझ का सामना नहीं करना पड़ेगा।

अगले तीन सालों के दौरान, जॉन केली और मैं घनिष्ठ मित्र बन गए थे। वे एक विशिष्ट अधिकारी थे, अपनी पत्नी करेन के मज़बूत पति थे और अपनी बेटी केट तथा सबसे बड़े बेटे मैरीन मेजर जॉन केली के प्यार करने वाले पिता थे। हालांकि इससे भी बड़ी बात यह कि, बिना जाने ही, जॉन केली ने अपने आसपास के सभी लोगों को हिम्मत बंधाई थी। सबसे बुरे समय में दर्द, निराशा और

पीड़ा से ऊपर उठ सकने और मज़बूत बन सकने की आशा। हममें से हरेक में ना केवल जीवित रहने बल्कि दूसरों को प्रेरित करने की भी क्षमता थी।

आशा ब्रह्मांड में सबसे शक्तिशाली शक्ति है। आशा के सहारे आप राष्ट्रों को महानता के लिए प्रेरित कर सकते हैं। आशा के सहारे आप दबे-कुचले लोगों को ऊपर उठा सकते हैं। आशा के सहारे आप असहनीय नुक़सान की पीड़ा को कम कर सकते हैं। कभी-कभी केवल एक व्यक्ति ही बहुत बड़ा फ़र्क़ ला सकता है।

हम सब एक दिन खुद को गले तक कीचड़ में फंसा पाएंगे। वह समय ज़ोर से गाने का, खुलकर मुस्कराने का, अपने आसपास के लोगों को ऊपर उठाने का और उनमें आशा जगाने का है कि आने वाला कल बेहतर दिन होगा।

अध्याय दस

मैदान कभी भी मत छोड़िए!

अगर आप दुनिया बदलना चाहते हैं...

तो घंटी कभी भी मत बजाइए,

कभी भी मत बजाइए।

सील ट्रेनिंग के पहले दिन की शुरुआत में मैं अन्य 150 छात्रों के साथ सावधान की मुद्रा में खड़ा था। लड़ाई के जूते, खाकी शॉर्ट्स और नीली-सुनहरी टी-शर्ट पहने इंस्ट्रक्टर डामर के बड़े आंगन में आया, जहां पीतल की एक घंटी लटकी हुई थी, और जहां से सभी प्रशिक्षुओं को वह देख सकता था।

''जेंटलमैन,'' उसने बोलना शुरू किया। ''आज सील ट्रेनिंग का पहला दिन है। अगले छह महीनों तक आप लोग अमेरिकी सेना की सबसे कठिन ट्रेनिंग से गुजरेंगे।''

मैंने इधर-उधर देखा तो मुझे अपने साथियों के चेहरों पर आशंका के कुछ भाव दिखाई दिए।

इंस्ट्रक्टर का बोलना जारी रहा। ''आप लोगों की ऐसी परीक्षा होगी, जैसी आपकी ज़िंदगी में कभी नहीं हुई होगी।'' इतना बोलकर उसने क्लास के नए ''छोरों'' की ओर देखा। ''आप लोगों में से ज़्यादातर इसे पूरा नहीं कर पाएंगे। मैं इसका ध्यान रखूंगा।'' वह मुस्कराते हुए बोला। ''मैं भरसक प्रयास करूंगा कि आप लोग इसे छोड़कर भाग जाएं!'' उसने आख़िरी तीन शब्दों पर ज़ोर दिया था। ''मैं बेरहमी से आप लोगों को परेशान करूंगा। मैं आपको आपके साथियों के ही सामने शर्मिंदा करूंगा। मैं आपको आपकी क्षमताओं से परे धकेलूंगा।'' तब उसके चेहरे पर हल्की-सी मुस्कराहट फैल गई। ''और बहुत तकलीफ़ होगी। बहुत-बहुत ज़्यादा तकलीफ़ होगी।''

उसने घंटी पकड़कर रस्सी को ज़ोर से खींचा और टनटनाहट की ज़ोरदार आवाज़ पूरे आंगन में गूंज उठी। ''लेकिन अगर आप लोगों को तकलीफ़ पसंद नहीं है, अगर आप लोग प्रताड़ना पसंद नहीं करते हैं, तो एक आसान तरीक़ा है।'' उसने फिर से रस्सी खींची जिससे इमारतों से धातु की गहरी ध्वनि की एक और लहर गूंज उठी। ''छोड़कर भागने के लिए आप लोगों को बस इस घंटी को तीन बार बजा भर देना है।''

उसने घंटी की लटकन से बंधी रस्सी को छोड़ दिया। ''घंटी बजाएंगे तो आपको जल्दी नहीं उठना पड़ेगा। घंटी बजाएंगे तो आप लोगों को लंबी दौड़, ठंड में तैरना, या बाधा कोर्स नहीं करना पड़ेगा। घंटी बजाकर आप इन सारी तकलीफ़ों से बच सकते हैं।''

इसके बाद इंस्ट्रक्टर ने डामर की तरफ़ देखा और ऐसा लगा जैसे वह अपना तैयार किया हुआ एकालाप तोड़ रहा हो। ''लेकिन आपको कुछ बता दूं,'' उसने कहा। ''अगर आप इसे छोड़ देते हो, तो आप जीवन भर पछताएंगे। छोड़ने से कोई भी मुश्किल हल नहीं होती है।''

छह महीने बाद, हम में से केवल तैंतीस स्नातक स्तर पर बचे थे। कुछ ने आसान रास्ता चुन लिया था। उन्होंने ट्रेनिंग छोड़ दी थी, और मेरा अनुमान है कि इंस्ट्रक्टर की बात सही थी। वे इस फ़ैसले के लिए अपने बाक़ी जीवन पछताते रहे होंगे।

सील ट्रेनिंग में मैंने जो भी सबक़ सीखे थे, उनमें से यह सबसे अहम था। कभी हार नहीं मानना चाहिए। यह सबक़ कोई ख़ास गंभीर नहीं लगता, लेकिन जीवन आपको लगातार ऐसी परिस्थितियों में डालता है, जहां डटे रहने की तुलना में छोड़ देना ज़्यादा आसान लगता है। जहां आपके सामने बहुत सारी मुश्किलों का ढेर लग जाए तो हार मान लेना तर्कसंगत बात लगती ही है।

अपने पूरे करियर के दौरान, मैं लगातार उन पुरुषों और महिलाओं से प्रेरित रहा, जिन्होंने ट्रेनिंग छोड़ने से इनकार किया था, जिन्होंने खुद के लिए दुख महसूस करने से इनकार कर दिया था, लेकिन सबसे ज़्यादा प्रेरित मैं हुआ अफ़गानिस्तान के एक अस्पताल में मिले युवा आर्मी रेंजर से।

एक दिन देर शाम मुझे ख़बर मिली कि मेरे एक सैनिक ने प्रेशर प्लेट माइन पर पांव रख दिया है और उसे हवाई रास्ते से मेरे मुख्यालय के पास के युद्ध अस्पताल ले जाया गया है। रेंजर रेजिमेंटल कमांडर, कर्नल एरिक कुरिल्ला, और मैं जल्दी से अस्पताल में सैनिक के कमरे में पहुंचे।

वह सैनिक अस्पताल के बिस्तर पर लेटा था। उसके मुंह और छाती पर ट्यूब फैली हुई थीं; विस्फोट से उसके हाथ और चेहरा जल गए थे। उसके ओढ़ने के लिए रखा कंबल बिस्तर पर उस जगह सपाट पड़ा था, जहां आमतौर पर उसके पैर होते थे। उसकी ज़िंदगी अब हमेशा के लिए बदल चुकी थी।

मैंने अफ़गानिस्तान के युद्ध अस्पताल के अनगिनत दौरे किए थे। युद्धकालीन नेता के रूप में आप मानवीय पीड़ा को अपने अंदर नहीं घुसने देने की कोशिश करते हैं। आप जानते हैं कि यह तो लड़ाई का हिस्सा है। सैनिक घायल होते हैं। सैनिक मरते हैं। अगर आपका हर निर्णय जीवन के संभावित नुक़सान पर आधारित होता है तो आप प्रभावी होने के लिए पूरी ताक़त से संघर्ष करेंगे। हालांकि यह रात कुछ अलग तरह की लग रही थी।

मेरे सामने लेटा हुआ रेंजर काफ़ी युवा था : मेरे दो लड़कों से भी छोटा था। वह उन्नीस साल का था। उसका नाम एडम बेट्स था। वह एक सप्ताह पहले ही अफ़गानिस्तान पहुंचा था और यह उसका

पहला युद्ध अभियान था। मैंने झुककर अपने हाथ से उसके कंधे को छुआ। वह शांत और अचेत लग रहा था। मैंने एक मिनट के लिए विचार किया, थोड़ी प्रार्थना की, और वापस जाने ही वाला था कि नर्स मेरे उस सैनिक को देखने आ गई।

उसने मुस्कराते हुए, सैनिक की नब्ज़ देखी, और मुझसे पूछने लगी कि क्या मुझे उसकी स्थिति के बारे में कुछ जानना है। उसने मुझे बताया कि उसके दोनों पैर काट दिए गए थे और उसे विस्फोट में गंभीर चोटें आई थीं, लेकिन उसके बचने की संभावना काफ़ी ज़्यादा थी।

मैंने उसे रेंजर बेट्स की इतनी अच्छी देखभाल करने के लिए धन्यवाद दिया और उससे कहा कि जब वह होश में आएगा तो मैं फिर से आऊंगा। ''अरे, यह होश में ही हैं,'' उसने बताया। ''दरअसल उससे बात करना आपको अच्छा लगेगा।'' यह कहकर उसने युवा रेंजर को धीरे से हिलाया, जिसने अपनी आंखें हल्की-सी खोलीं और मुझे पहचाना।

''यह अभी बोल नहीं सकते हैं,'' नर्स ने बताया। ''वैसे इनकी मां बहरी थीं और यह संकेत भाषा जानते हैं।'' उस नर्स ने मुझे काग़ज़ का एक टुकड़ा दिया, जिस पर संकेत भाषा के कई प्रतीक बने हुए थे।

मैंने एक मिनट उससे बात की, जिस दौरान मैं सही बात कहने की ताक़त जुटाने की कोशिश ही करता रहा था। आप एक ऐसे युवक से क्या कह सकते हैं जिसने अपने दोनों पैर अपने देश की सेवा करते हुए खो दिए हों? उसके भविष्य के बारे में आप उसे कैसे बेहतर महसूस करा सकते हैं?

विस्फोट की वजह से बेट्स का चेहरा सूजा हुआ था, उसकी आंखें लाली और पट्टियों के बीच मुश्किल से दिखाई दे रही थीं। कुछ क्षण वह मुझे घूरता रहा। उसने मेरे हाव-भाव में

मौजूद करुणा महसूस की होगी। वह हाथ उठाकर साइन करने लगा।

मैंने अपने सामने काग़ज़ के टुकड़े पर सभी चिह्न देखे। धीरे-धीरे, दर्द के साथ उसने लिखा, "मैं-ठीक-हो जाऊंगा।"

और वह फिर से सो गया।

उस शाम जब मैं अस्पताल से निकला तो मैं रोए बिना नहीं रह पाया। अस्पताल में मैंने सैकड़ों आदमियों से बात की होगी, लेकिन उनमें से किसी ने कभी कोई शिकायत नहीं की। एक बार भी नहीं की! उन्हें अपनी सेवा पर गर्व था। वे अपने भाग्य को स्वीकार कर रहे थे, और वे बस अपनी यूनिट में वापस जाना चाहते थे, उन लोगों के साथ रहना चाहते थे, जिन्हें वे पीछे छोड़ आए थे। एडम बेट्स ने किसी न किसी तरह से अपने सामने आने वाले उन सभी लोगों को पहचान लिया था।

अफ़गानिस्तान में मेरे अस्पताल के दौरे के एक साल बाद, मैं पचहत्तरवें रेंजर रेजिमेंटल चेंज ऑफ़ कमांड बन गया। वहां रेंजर बेट्स मिल गया, जो अपनी वर्दी में तेज़-तर्रार दिख रहा था और अपने नए कृत्रिम पैरों पर खड़ा था। मैंने उसे अपने कई साथी रेंजरों को पुल-अप की चुनौती देते हुए सुना। तमाम तरह की सर्जरी और दर्दनाक पुनर्वास से गुज़रते हुए उसने नए जीवन के साथ तालमेल बैठाया था और कभी हार नहीं मानी। वह हँस रहा था, मज़ाक़ कर रहा था, मुस्करा रहा था- और जैसा कि उसने मुझसे वादा किया था- वह ठीक हो चुका था!

जीवन कठिन समय से भरा हुआ होता है। हालांकि वहां कोई न कोई ऐसा भी आपके पास होता है जिसकी हालत आपसे भी ख़राब होती है। अगर आप अपने समय को लेकर खुद पर दया करते हैं, जिस तरह से आपके साथ व्यवहार किया गया है, उसके लिए दुखी हैं, जीवन में अपनी तक़दीर पर रो रहे हैं, अपने हालात

के लिए किसी और को दोष दे रहे हैं, तो आपका जीवन लंबा और कठिन हो जाएगा। दूसरी तरफ़, अगर आप अपने सपनों को छोड़ने से इनकार करते हैं, बाधाओं के ख़िलाफ़ मज़बूती से डटे रहते हैं – तो आपका जीवन आपके मुताबिक़ ही होगा – और आप इसे महान बना सकते हैं। कभी, कभी, घंटी मत बजाइए!

याद रखिए... हर दिन की शुरुआत एक काम पूरा करने के साथ कीजिए। जीवन में अपनी मदद करने के लिए किसी को खोजिए। सबका सम्मान कीजिए। जान लीजिए कि जीवन अनुकूल नहीं होता है और आप अक्सर नाकाम होंगे। हालांकि अगर आप कुछ जोख़िम उठाते हैं, सबसे कठिन समय में भी आगे बढ़ते हैं, दबंगों का मुक़ाबला करते हैं, दबे-कुचलों को ऊपर उठाते हैं, और कभी हार नहीं मानते हैं- तो आप अपने जीवन को... और शायद दुनिया को भी बेहतर बनाने के लिए बदलाव कर सकते हैं!

टेक्सास यूनिवर्सिटी में दिया आरंभिक भाषण

17 मई, 2014

इस विश्वविद्यालय का स्लोगन है "जो यहां से शुरू होता है, वह दुनिया को बदल देता है।" मुझे यह स्वीकार करना होगा कि मुझे यह पसंद आया। "जो यहां से शुरू होता है, वह दुनिया को बदल देता है!"

आज टेक्सास विश्वविद्यालय से तकरीबन आठ हज़ार छात्र स्नातक की पढ़ाई कर रहे हैं। विश्लेषणात्मक कठोरता के उस महान प्रतिमान आस्कडॉटकॉम का कहना है कि औसत अमेरिकी व्यक्ति अपने जीवनकाल में दस हज़ार लोगों से मिलता है। ये बहुत ज़्यादा लोग होते हैं। हालांकि, अगर आप में से हर एक ने सिर्फ़ दस लोगों का जीवन बदल दिया है, और उन लोगों में से हर एक ने दस - केवल दस और लोगों का जीवन बदल दिया है, तो - पांच पीढ़ियों में - 125 साल में - 2014 की ये कक्षा 80 करोड़ लोगों का जीवन बदल चुकी होगी।

80 करोड़ लोग। जरा इसके बारे में सोचिए : अमेरिका की आबादी के दुगुने से ज़्यादा। एक और पीढ़ी शामिल करें तो आप दुनिया की पूरी आबादी, यानी आठ अरब लोगों का जीवन बदल सकते हैं। अगर आपको लगता है कि दस लोगों का जीवन बदलना मुश्किल है, हमेशा के लिए उनका जीवन बदलना मुश्किल है, तो आप ग़लत सोच रहे हैं।

मैंने इराक और अफ़गानिस्तान में यह हर दिन होते देखा है। कोई युवा सैन्य अधिकारी बगदाद में किसी सड़क पर ठीक सीधे जाने के बजाय बाएं जाने का फ़ैसला करता है और

उसके दस्ते के दस सैनिक घात लगाकर किए गए हमले से बच जाते हैं।

अफ़गानिस्तान में कंधार प्रांत में, फ़ीमेल इंगेजमेंट टीम की एक ग़ैर-कमीशन अधिकारी को आभास होता है कि कुछ गड़बड़ है और वह एक दर्जन सैनिकों की जान बचाने के लिए पांच सौ पाउंड के आईईडी से पैदल सेना पलटन को दूर हटने का निर्देश देती है।

हालांकि, अगर आप इसके बारे में सोचें, तो ना केवल इन सैनिकों की जान एक व्यक्ति के फ़ैसलों से बच गई, बल्कि उनके अजन्मे बच्चों की भी जान बच गई। और उनके बच्चों के बच्चों की भी जान बच गई। एक व्यक्ति के एक फ़ैसले से कई पीढ़ियां बच गईं।

हालांकि दुनिया को बदलने का काम कहीं भी हो सकता है और कोई भी इसे कर सकता है। तो, जो यहां से शुरू होता है, वह सचमुच दुनिया बदल सकता है, लेकिन सवाल यह है कि आपके बदलने के बाद दुनिया कैसी दिखेगी?

देखिए, मुझे विश्वास है कि यह दुनिया बहुत बेहतर दिखाई देगी, लेकिन अगर आप इस पुराने नौसैनिक को सिर्फ़ एक पल के लिए बात मानें, तो मेरे पास कुछ सुझाव हैं जो आपको बेहतर दुनिया की राह पर आगे बढ़ने में मदद कर सकते हैं। और भले ही ये सबक़ मैंने सेना में रहने के दौरान सीखे थे, लेकिन मैं आपको आश्वस्त कर सकता हूं कि इससे कोई फ़र्क़ नहीं पड़ता कि आप एक दिन के लिए भी सेना में रहे या नहीं रहे।

आपके लिंग, आपकी नस्लीय या धार्मिक पृष्ठभूमि, आपके रुझान, या आपकी सामाजिक स्थिति का कोई मतलब नहीं है। इस दुनिया में हमारे संघर्ष समान हैं और उन संघर्षों पर विजय पाने और आगे बढ़ने के लिए-खुद को और अपने आसपास की दुनिया को बदलने का सबक़- सभी पर समान रूप से लागू होगा।

मैं छत्तीस वर्षों से नेवी सील हूं। हालांकि यह सब तब शुरू हुआ था, जब मैंने कैलिफ़ोर्निया के कोरोनाडो में बेसिक सील ट्रेनिंग के लिए टेक्सास यूनिवर्सिटी छोड़ दी थी। बेसिक सील ट्रेनिंग में नरम रेत में छह महीने की लंबी यातनापूर्ण दौड़, सेन डिएगो के ठंडे पानी में आधी रात में तैरना, बाधा कोर्स, कभी ना ख़त्म होने वाले कैलीस्थेनिक्स, कई दिनों तक नींद नहीं लेना, और हमेशा ठंडा, गीला और दुखी रहना शामिल है।

इन छह महीनों में पेशेवर रूप से प्रशिक्षित योद्धा लगातार परेशान किया जाता है, जो मन और शरीर के कमज़ोर लोगों को पहचानना और उन्हें नेवी सील बनने से हमेशा के लिए रोक देना चाहते हैं। हालांकि इस ट्रेनिंग में उन छात्रों को भी पहचानने की कोशिश की जाती है जो लगातार तनाव, अराजकता, असफलता और कठिनाइयों के माहौल में नेतृत्व कर सकते हैं। मैंने बेसिक सील ट्रेनिंग के छह महीनों में जितनी चुनौतियों का सामना किया, उतना पूरी ज़िंदगी में नहीं किया।

तो, यहां वे दस सबक़ हैं जो मैंने बेसिक सील ट्रेनिंग में सीखे हैं और जो जीवन में आगे बढ़ने में आपके लिए महत्त्वपूर्ण साबित होंगे।

बेसिक सील ट्रेनिंग में मेरे इंस्ट्रक्टर वियतनाम लड़ाई के दिग्गज योद्धा थे, जो हर सुबह मेरे बैरक के कमरे में आते थे, और सबसे पहले वे बिस्तर का निरीक्षण करते थे। बिस्तर तब सही माना जाता था जब कोने चौकोर हों, कवर कसकर खींचे गए हों, तकिए सिरहाने के ठीक नीचे हों, और अतिरिक्त कंबल पैताने में बड़े करीने से मुड़ा हो।

यह एक साधारण काम था, ज़्यादा से ज़्यादा इसे सांसारिक काम कहा जा सकता था। हालांकि हर सुबह हमें अपना बिस्तर

पूरी तरह से ठीक करना पड़ता था। यह उस समय थोड़ा हास्यास्पद लगता था, क्योंकि हम तो असली योद्धा, युद्ध के लिए मज़बूत सील बनना चाहते थे, लेकिन फिर भी इस सरल काम का ज्ञान मुझे कई बार उपयोगी साबित हुआ।

अगर आप रोज़ सुबह अपना बिस्तर ठीक करते हैं, तो आपके दिन का पहला काम पूरा हो जाता है। इससे आपको गर्व की छोटी-सी भावना पैदा होगी और इससे आपको एक और काम करने के लिए प्रोत्साहन मिलेगा और फिर दूसरा और फिर एक और। दिन के अंत तक, पूरा किया गया वह एक काम कई कामों में बदल जाएगा। अपना बिस्तर ठीक करना इस तथ्य की भी पुष्टि करेगा कि जीवन में छोटी-छोटी चीज़ें भी मायने रखती हैं।

अगर आप छोटे-छोटे काम ठीक से नहीं कर सकते तो आप बड़े काम भी कभी सही तरह से नहीं कर पाएंगे। और, अगर संयोग से आपका दिन ख़राब बीतता है, तो भी जब आप घर आएंगे तो आपको बना हुआ बिस्तर मिलेगा जिसे आपने बनाया था - और एक बना हुआ बिस्तर आपको प्रोत्साहन देता है कि कल बेहतर होगा।

अगर आप दुनिया बदलना चाहते हैं, तो शुरुआत अपना बिस्तर संवार कर कीजिए।

सील ट्रेनिंग में छात्रों को नौका चालक दल में विभाजित कर दिया जाता है। हर चालक दल में 7 छात्र होते हैं : रबर की छोटी नौका के दोनों तरफ़ तीन-तीन और एक नाव का मार्गदर्शन करने में मदद करने के लिए कॉक्स्वेन। हर दिन समुद्र तट पर आपके नौका चालक दल बनाए जाते हैं और उन्हें निर्देश दिया जाता है कि वे सर्फ़ जोन से गुज़रें और तट से कई मील दूर जाएं।

सर्दियों में, सेन डिएगो में लहरें आठ से दस फुट ऊंची हो सकती हैं और तेज़ लहरों में जब तक हर कोई कोशिश नहीं करे तब तक पैडल मारना बेहद मुश्किल होता है। प्रत्येक पैडल को कॉक्सवेन की स्ट्रोक गिनती के साथ तारतम्य में किया जाना चाहिए। सभी को बराबर प्रयास करना होता है अन्यथा नौका लहर के कारण पलट जाएगी और समुद्र तट पर अनायास ही वापस फिंकी चली जाएगी।

नौका को अपनी मंज़िल तक पहुंचाने के लिए, सभी को पैडल मारने ही होते हैं। आप अकेले ही दुनिया नहीं बदल सकते– आपको किसी की मदद की ज़रूरत पड़ेगी–और स्टार्टिंग पॉइंट से मंजिल तक सचमुच ले जाने के लिए मित्रों, साथियों की ज़रूरत पड़ती है, अजनबियों की भी सद्भावना चाहिए होती है, और सबको राह दिखाने वाला एक मार्गदर्शक भी चाहिए होता है।

अगर आप दुनिया बदलना चाहते हैं तो पैडल मारने में मदद करने वाले किसी व्यक्ति की तलाश कीजिए।

---

150 छात्रों से शुरू हुई मेरी सील क्लास में कुछ सप्ताहों की कठिन ट्रेनिंग के बाद केवल 42 छात्र बचे रह गए थे। सात-सात लोगों के छह नौका चालक दल थे। मैं लंबे लोगों की नाव में था, लेकिन हमारा सबसे अच्छा नौका चालक दल छोटे क़द के लोगों का था- जिन्हें हम ''बौना दल'' कहते थे। उनमें पांच फुट पांच इंच से ज़्यादा लंबा कोई नहीं था।

बौने चालक दल में एक अमेरिकी-भारतीय, एक अफ्रीकी-अमेरिकी, एक पॉलिश-अमेरिकी, एक यूनानी-अमेरिकी, एक इटेलियन-अमेरिकी था और दो मज़बूत लड़के मिडवेस्ट के थे। वे अन्य सभी नौका चालक दलों से आगे निकल जाते थे, तथा दौड़

में भी आगे थे और तैरने में भी। अन्य नौका चालक दल के लंबे लोग बौने दल के सदस्यों को उनके *छोटे-छोटे पैरों में छोटे-छोटे फ़्लिपर* डालते देख हल्का-फुल्का मज़ाक़ उड़ाते थे। हालांकि देश और दुनिया के कोने-कोने से आए वे बौने हमेशा सबसे तेज़ तैरते हुए, सबसे पहले तट पर पहुंचते थे और आख़िरी हँसी उनकी ही होती थी।

सील ट्रेनिंग बहुत बड़ी समताकारक भी थी। उसमें सफल होने के लिए केवल आपकी इच्छा मायने रखती थी; ना आपका रंग, ना आपकी नस्लीय पृष्ठभूमि, ना आपकी शिक्षा और ना ही आपकी सामाजिक स्थिति इसमें कुछ कर सकती थी।

अगर आप दुनिया बदलना चाहते हैं, तो किसी भी इंसान को उसके फ़्लिपर के आकार से नहीं, बल्कि उसके दिल के आकार से मापिए।

इंस्ट्रक्टर सप्ताह में कई बार क्लास को लाइन में लगाते थे और सबका समान तरीक़े से निरीक्षण करते थे। यह निरीक्षण असाधारण रूप से एकदम पूरा होता था। टोपी पूरी तरह से स्टार्च की हुई होनी चाहिए, वर्दी बिना किसी चूक के प्रेस होनी चाहिए, और आपके बेल्ट का बकसुआ चमकदार होना चाहिए और उसमें किसी भी तरह का कोई धब्बा नहीं होना चाहिए।

हालांकि ऐसा लगता था कि टोपी को स्टार्च करने या अपनी वर्दी पर प्रेस करने या अपने बेल्ट के बकसुआ को चमकाने में कितना भी प्रयास क्यों नहीं कर लें, पर यह पर्याप्त नहीं होता था। इंस्ट्रक्टर्स "कुछ न कुछ" ग़लती निकाल ही लेते थे।

वर्दी निरीक्षण में फ़ेल होने पर, छात्र को पूरे कपड़े पहने हुए, सर्फ़ ज़ोन में भागना पड़ता था और फिर, सिर से पैर तक गीला

होकर, समुद्र तट पर तब तक लुढ़कना पड़ता था, जब तक कि उसके शरीर का हर हिस्सा रेत से ढंक नहीं जाए। इस रूप को ''चीनी कुकी'' के रूप में जाना जाता था। बाक़ी दिन उसी वर्दी में, ठंडी, गीली और रेतीली अवस्था में रहना होता था।

कई छात्र ऐसे थे जो इस तथ्य को स्वीकार नहीं कर पाते थे कि उनकी सारी कोशिश बेकार गई। वर्दी सही करने के लिए उन्होंने कितनी भी कोशिश क्यों ना की हो, उनकी कभी तारीफ़ नहीं होती थी। उन छात्रों को ट्रेनिंग में ये बात समझ नहीं आई। उन छात्रों को ड्रिल का मक़सद ही समझ में नहीं आया। आप कभी सफल नहीं होने वाले थे। आपकी वर्दी कभी भी एकदम सही नहीं होने वाली थी।

कभी-कभी तो ऐसा भी होता था कि आप चाहे कितनी भी अच्छी तैयारी कर लें या कितना भी अच्छा प्रदर्शन कर लें, फिर भी आपको चीनी कुकी बनना ही होता था। ज़िंदगी में कभी-कभी ऐसा भी होता है।

अगर आप दुनिया बदलना चाहते हैं तो चीनी कुकी बनने की बात से उबर जाइए, और आगे बढ़ते जाइए।

ट्रेनिंग के दौरान हर दिन आपको तरह-तरह की शारीरिक काम करने की चुनौती मिलती थी। लंबी-लंबी दौड़, लंबी-लंबी तैराकी, बाधा कोर्स, और घंटों तक कैलीस्थेनिक्स, जो आपके जोश को परख़ने के लिए ही तैयार की गई थी।

हर प्रतियोगिता के मानक होते थे : समय के अंदर काम करना होता था। अगर आप उन मानकों को पूरा नहीं कर पाए तो आपका नाम लिस्ट में आ जाता था, और दिन के अंत में लिस्ट में नाम वालों को सर्कस में आमंत्रित किया जाता था।

सर्कस में दो घंटे का अतिरिक्त व्यायाम कैलीस्थेनिक्स होता था, जिसका मक़सद आपको थकाना, आपके जोश को ख़त्म करना, आपको हार मानकर भाग जाने के लिए मजबूर करना होता था। सर्कस कोई नहीं चाहता था। सर्कस का मतलब था कि, उस दिन के लिए, आपने उस दिन मानक पूरा नहीं किया। सर्कस का मतलब था ज़्यादा थकान, और ज़्यादा थकान का मतलब था कि अगला दिन और ज़्यादा कठिन होगा - तथा और ज़्यादा सर्कस की संभावना।

हालांकि सील ट्रेनिंग के दौरान हर किसी का नाम कभी न कभी सर्कस की लिस्ट में शामिल होता ही था। लगातार लिस्ट में रहने वालों के साथ एक और दिलचस्प बात होती थी। दो घंटे का अतिरिक्त कैलीस्थेनिक्स करने वाले समय के साथ मज़बूत, और ज़्यादा मज़बूत होते गए। सर्कस की तकलीफ़ ने उनके अंदर आंतरिक शक्ति पैदा की, उनके अंदर शारीरिक लचीलापन पैदा किया।

जीवन भी तो सर्कस से भरा है। आप नाकाम होंगे। आप अक्सर नाकाम होंगे। यह तकलीफ़देह होगा। हतोत्साहित करने वाला होगा। कभी-कभी यह आपके अंतर्मन की परीक्षा लेगा।

अगर आप दुनिया बदलना चाहते हैं तो सर्कस से मत डरिए।

सप्ताह में कम से कम दो बार, प्रशिक्षुओं को बाधा कोर्स करना ज़रूरी होता था। बाधा कोर्स में पच्चीस बाधाएं थीं, जिनमें दस फुट ऊंची दीवार, तीस फुट का कार्गो जाल और कांटेदार तारों पर क्रॉलिंग शामिल थी।

हालांकि सबसे चुनौतीपूर्ण बाधा ''स्लाइड फ़ॉर लाइफ़'' थी। इसके एक सिरे पर तीन-स्तरीय, तीस-फुट की टॉवर और दूसरे पर एक-स्तरीय टॉवर थी। बीच में सौ फुट लंबी रस्सी होती थी।

आपको तीन-स्तरीय टॉवर पर चढ़ना होता था और एक बार शीर्ष पर पहुंचने के बाद, रस्सी पकड़कर नीचे झूलना होता था, और हाथ से खुद खींचकर दूसरे सिरे तक पहुंचना होता था। 1977 में जब मेरी कक्षा ने यह ट्रेनिंग शुरू की, तब बाधा कोर्स का रिकॉर्ड वर्षों तक बना रहा था। यह रिकॉर्ड तब तक नहीं टूटा जब तक कि एक छात्र ने स्लाइड फ़ॉर लाइफ़ में सिर के बल जाने का निश्चय कर डाला।

रस्सी के नीचे अपने शरीर को झुलाने और आगे बढ़ने के बजाय, वह बहादुरी दिखाते हुए रस्सी के शीर्ष पर गया और अपने आपको आगे धकेल दिया। यह ख़तरनाक फ़ैसला था, जो मूर्खतापूर्ण भी लग रहा था और जोख़िम से भरा तो था ही। असफल होने का मतलब चोटिल होना और ट्रेनिंग से बाहर होना था। वह छात्र बिना किसी संकोच के, ख़तरनाक तरीक़े से रस्सी पर तेज़ी से फिसला और कई मिनटों के बजाय उसे केवल आधा समय लगा। कोर्स पूरा होने तक वह बाधा कोर्स का रिकॉर्ड तोड़ चुका था।

अगर आप दुनिया बदलना चाहते हैं तो बाधाओं का सामने से मुक़ाबला कीजिए।

ट्रेनिंग के ज़मीनी युद्ध के चरण के दौरान, छात्रों को सेन क्लीमेंट द्वीप ले जाया जाता है, जो सेन डिएगो के तट पर स्थित है। सैन क्लीमेंट का पानी विशाल सफ़ेद शार्क का प्रजनन केंद्र है। सील ट्रेनिंग पास करने के लिए लंबी तैराकी की एक श्रंखला पूरी करनी होती है। यह तैराकी रात को होती है।

तैरने से पहले इंस्ट्रक्टर्स ने ख़ुश होकर सेन क्लीमेंट के पानी में रहने वाली शार्क की सभी प्रजातियों के बारे में प्रशिक्षुओं को बताया।

हालांकि, वे आपको विश्वास दिलाते हैं कि शार्क ने कभी किसी भी छात्र खाया नहीं है - कम से कम हाल में तो बिलकुल नहीं, लेकिन आपको यह भी सिखाया जाता है कि अगर कोई शार्क आपका चक्कर लगाने लगे तो एक ही जगह डटे रहें। तैरकर दूर मत जाइए। डर कर कुछ मत कीजिए। और अगर आधी रात के नाश्ते के लिए कोई भूखी शार्क आपकी ओर झपटे - तो अपनी पूरी ताक़त जुटाकर और उसके मुंह पर मुक्का मारें, और वह मुड़ जाएगी और दूर चली जाएगी।

दुनिया में बहुत सारी शार्क हैं। यदि आप तैराकी पूरी करने की उम्मीद करते हैं तो आपको उनसे निपटना ही होगा।

अगर आप दुनिया बदलना चाहते हैं, तो शार्क से दूर नहीं जाएं।

नेवी सील के रूप में हमारा एक काम पानी के अंदर से शत्रुओं के जहाजों पर हमला करना भी होता है। हमने बेसिक ट्रेनिंग के दौरान इस तकनीक का गहन अभ्यास किया था। जहाजी हमला मिशन वह होता है जिसमें सील गोताखोरों की एक जोड़ी को शत्रु के बंदरगाह के बाहर छोड़ दिया जाता है और फिर वे अपने लक्ष्य तक पहुंचने के लिए गहराई नापने का यंत्र और कंपास का इस्तेमाल करते हुए पानी के दो मील अंदर तक अच्छी तरह से तैरते हैं।

पूरी तैराकी के दौरान, सतह के काफ़ी नीचे भी कुछ प्रकाश आता रहता है। यह जानकर राहत मिलती है कि आपके ऊपर पानी खुला है। लेकिन जब आप घाट से बंधे जहाज के पास पहुंचते हैं, तो रोशनी फीकी पड़ने लगती है। जहाज का इस्पात का ढांचा चांदनी को अवरुद्ध कर देता है; यह आसपास के स्ट्रीट लैंप की रोशनी को भी रोक देता है। यह आसपास की सभी रोशनियों को रोक देता है।

मिशन में सफल होने के लिए, आपको जहाज के नीचे तैरना होगा और सेंटर लाइन यानी पैंदा और जहाज के सबसे गहरे हिस्से को खोजना होगा। यही आपका उद्देश्य होता है। हालांकि यह पैंदा जहाज का सबसे अंधेरा हिस्सा भी होता है, जहां आप अपने चेहरे के सामने मौजूद हाथ को भी नहीं देख पाते हैं, और वहां जहाज की मशीनरी का शोर कान फाड़ देने वाला होता है, जिससे विचलित होने और असफल होने की आशंका बहुत ज़्यादा बढ़ जाती है।

हर सील जानता है कि मिशन के सबसे अंधकारमय समय में पैंदे के नीचे, आपको शांत और स्थिर होना चाहिए। उस समय अपने सभी सामरिक कौशल, सारी शारीरिक शक्ति, और सारी आंतरिक शक्ति का इस्तेमाल किया जाना चाहिए।

अगर आप दुनिया बदलना चाहते हैं, तो आपको सबसे कठिन पल में अपने सर्वश्रेष्ठ रूप में होना चाहिए।

ट्रेनिंग के नौवें सप्ताह को हेल वीक कहा जाता है। इसमें छह दिनों तक सोने को नहीं मिलता, और लगातार शारीरिक और मानसिक उत्पीड़न झेलना पड़ता है, तथा एक ख़ास दिन मडफ़्लैट्स में बिताना होता है। मडफ़्लैट्स सेन डिएगो और टिजुआना के बीच का एक इलाक़ा है, जहां पानी बहता रहता है जिससे तिजुआना स्लू बन जाता है, जो इलाक़े का एक दलदली हिस्सा होता है जिसमें आप कीचड़ से घिर जाते हैं।

यह हेल वीक के बुधवार को आप मडफ़्लैट्स के लिए निकलते हैं और अगले पंद्रह घंटे ठंडी मिट्टी, गरजती हवा, और इंस्ट्रक्टर्स के लगातार दबाव से बचने की कोशिश में बिताते हैं।

जैसे ही उस बुधवार शाम को सूरज ढलना शुरू हुआ, मेरी ट्रेनिंग क्लास को कुछ "नियमों का भारी उल्लंघन" करने पर कीचड़ में धंसने का ऑर्डर दिया गया।

कीचड़ में हर आदमी तब तक धंसता गया जब तक कि हमारे सिर के अलावा कुछ भी ऊपर दिखाई नहीं दे रहा था। इंस्ट्रक्टर्स ने हमें बताया कि अगर पांच, बस पांच आदमी हार मानकर निकल जाएं तो हमें कीचड़ से निकला जा सकता है और हम इस दमनकारी ठंड से बाहर निकल सकते हैं।

जब मैंने कीचड़ के चारों ओर देखा, तो स्पष्ट लग रहा था कि कुछ छात्र हार मानने वाले हैं। सूरज निकलने में अभी आठ घंटे से ज़्यादा का समय बचा था, यानी आठ और घंटे हड्डियां कंपा देने वाली ठंड का सामना करना था। प्रशिक्षुओं के दांत किटकिटाने और कराहने की आवाज़ इतनी तेज़ हो गई थी कि कुछ भी सुनाई देना मुश्किल हो रहा था। और फिर रात भर एक स्वर गूंजने लगा, एक स्वर सभी गाना गाने लगे। गाना बिलकुल बेसुरा था, लेकिन बड़े उत्साह के साथ गाया गया। एक आवाज़ में दो आवाज़ें मिलीं, फिर तीन और फिर पूरी क्लास गाने लगी।

हम जानते थे कि अगर कोई एक आदमी तकलीफ़ सह सकता है, तो दूसरे भी ऐसा कर सकते हैं। इंस्ट्रक्टर्स ने हमें चेतावनी दी कि अगर हम गाना जारी रखेंगे तो हमें कीचड़ में और ज़्यादा समय बिताना होगा, लेकिन सबने गाना जारी रखा। और फिर कीचड़ भी कुछ कुछ गर्म-सा लगने लगा था, हवा थोड़ी कम लगने लगी, और सुबह होने में भी ज़्यादा देर नहीं लग रही थी।

दुनिया घूमने के दौरान मैंने जो सीखा उम्मीद की ताक़त के बारे में ही सीखा। एक व्यक्ति वॉशिंगटन, लिंकन, किंग, मंडेला और यहां तक कि पाकिस्तान की लड़की, मलाला की शक्ति। एक इंसान लोगों में आशा जगाकर दुनिया बदल सकता है।

अगर आप दुनिया बदलना चाहते हैं, तो गर्दन तक कीचड़ में फंसे होने पर गाना शुरू कर दीजिए।

अंत में, सील ट्रेनिंग में एक घंटी भी होती है। परिसर के बीचोंबीच लटकी ये पीतल की घंटी सभी छात्रों को दिखाई देती है। ट्रेनिंग छोड़ने के लिए आपको केवल वह घंटी बजानी होती है। घंटी बजाइए और अब आपको सुबह पांच बजे उठना नहीं पड़ेगा। घंटी बजाइए और अब आपको कड़ाके की ठंड में तैरना नहीं पड़ेगा। घंटी बजाइए और अब आपको दौड़ नहीं लगानी पड़ेगी, बाधा कोर्स, पीटी, और ट्रेनिंग की सारी कठिनाइयों से छुटकारा मिल जाएगा।

बस घंटी बजाइए।

अगर आप दुनिया बदलना चाहते हैं, तो घंटी कभी भी मत बजाइए।

2014 की कक्षा अब स्नातक होने से कुछ ही पल दूर है। ज़िंदगी का सफ़र शुरू करने से कुछ ही पल दूर है। दुनिया बदलकर इसे और बेहतर बनाना शुरू करने से कुछ ही पल दूर है। यह आसान नहीं होगा।

हर दिन की शुरुआत एक काम पूरा करके कीजिए। अपनी मदद के लिए किसी को तलाश कीजिए। हर किसी का सम्मान कीजिए।

जान लीजिए कि ज़िंदगी बहुत आसान नहीं है और आप अक्सर नाकाम भी होंगे लेकिन अगर आप ख़तरा उठाते हैं, सबसे कठिन वक्त में भी डटे रहते हैं, दबंगों का मुक़ाबला करते हैं, दबे-

कुचलों को उठाते हैं, और कभी हार नहीं मानते... तो अगली पीढ़ियां और उनके बाद की पीढ़ियां अपने को आज की दुनिया से बहुत बेहतर दुनिया में पाएंगी। और जो यहां से शुरू हुआ, वह सचमुच दुनिया को बदलकर बेहतर बना देगा।

आपका बहुत-बहुत धन्यवाद।

आभार

मैं अपने संपादक को उनके धैर्य और समझ के लिए शुक्रिया अदा करना चाहता हूं। उन्होंने इतनी सुंदर पुस्तक तैयार की जिसके बारे में मैं जानता हूं कि वह समय की कसौटी पर खरी उतरेगी। मैं उन सभी महान दोस्तों का भी शुक्रिया अदा करना चाहता हूं, जिन्होंने इस पुस्तक में अपना नाम दिए जाने पर सहमति दी। बेहद कठिनाइयों के बीच आप लोगों का साहस मुझे जितना ज़्यादा प्रेरित करता है, वो आपको कभी पता नहीं चल पाएगा।

लेखक के बारे में

एडमिरल विलियम एच. मैकरेवन (अमेरिकी नौसेना से सेवानिवृत्त) *न्यू यॉर्क टाइम्स* के *मेक योर बेड* के बेस्टसेलिंग लेखक, न्यू यॉर्क टाइम्स की बेस्टसेलर *सी स्टोरीज : माय लाइफ़ इन स्पेशल ऑपरेशंस*, और द *हीरो कोड : लेसंस लर्न्ड फ़्रॉम लाइव्स वेल लिव्ड* के लेखक हैं। नेवी सील के रूप में सैंतीस साल के अनुभव में उन्होंने शुरुआती लेवल पर कमांड किया। फ़ोर-स्टार एडमिरल के रूप में उनकी आख़िरी ज़िम्मेदारी यूएस स्पेशल ऑपरेशंस फ़ोर्सेस के कमांडर के रूप में थी। नौसेना से रिटायर होने के बाद, उन्होंने टेक्सास सिस्टम यूनिवर्सिटी में 2015 से 2018 तक कुलाधिपति के रूप में काम किया। अब वे अपनी पत्नी के साथ ऑस्टिन (टेक्सास) में रहते हैं।

अनुवादक के बारे में

महेन्द्र नारायण सिंह यादव ने महाराजा कॉलेज, छतरपुर (म.प्र.) से स्नातक और भारतीय जन संचार संस्थान (नई दिल्ली) से पत्रकारिता में स्नातकोत्तर डिप्लोमा, तथा गुरु जंभेश्वर विश्वविद्यालय से पत्रकारिता एवं जनसंचार में स्नातकोत्तर की उपाधि प्राप्त की है। वे विगत 20 वर्षों से रेडियो, टेलीविज़न पत्रकारिता तथा अनुवाद और संपादन-कार्य से जुड़े हैं। उन्होंने चिल्ड्रंस बुक ट्रस्ट के हिंदी संपादक के रूप में भी कार्य किया है। वर्तमान में वे दिल्ली में समाचार चैनल 'समय मध्यप्रदेश छत्तीसगढ़' में पत्रकारिता कर रहे हैं।

उन्होंने अब तक कई पुस्तकों का अंग्रेज़ी से हिंदी अनुवाद किया है, जिनमें एस. विजय कुमार की *मूर्ति चोर*, हिन्दोल सेनगुप्ता की *नये युग का संन्यासी*, आदित्य सिन्हा की *रॉ, आईएसआई और शांति का भ्रम*, उल्लेख एन.पी. की *वाजपेयी : एक राजनेता के अज्ञात पहलू* और सद्‌गुरू की *सुखी जीवन के तीन सत्य* शामिल हैं।